青春忘れもの

増補版

池波正太郎

中央公論新社

目次

青春忘れもの　増補版

青春忘れもの

祖父の家

私の父池波富治郎は、東京でも名の通った宮大工の棟梁《とうりょう》の長男に生れ、姉二人、妹一人の〔きょうだい〕がある。私にとっては伯母二人、叔母一人というわけだが、上の伯母は私が物心つくころ、すでに吉原・仲之町《なかのちょう》の老妓であって、当時、武者絵で鳴らした日本画家・尾竹国観《おだけこっかん》の〔二号さん〕であった。

この国観画伯の兄に尾竹竹坡《ちくは》という画家がいて、私が、おそらく五歳ごろであったろうか……吉原の伯母の家へあそびに行った折、二階座敷いちめんに数十枚の掛物用の画紙をならべ、波に初日の出の絵を大量生産している情景を、いまも、まぼろしのようにおもい出すことができる。

尾竹竹坡の〔波に初日の出〕は当時、なかなか評判のもので、おそらく正月用の依頼にこたえるため、竹坡おじは門弟数名を指図し、汗みずくになって筆をふるっていたものであろう。

新国劇の沢田正二郎が危篤前の小康を得た折、この竹坡おじが見舞におもむき二枚折の屛風に獅子舞をえがいたものを贈ったところ、沢田は大変によろこび、この絵屛風へ〔何処《いずこ》かで、囃子《はやし》の声す耳の患《かん》〕の句を書きそえた。

のちに、私が新国劇の座付作者と世間ではいわれるほどに、劇団と密接な仕事をするようになろうとは、竹坡おじも思ってもみなかったろう。

次の伯母は、仲之町の引手茶屋〔一文字屋〕を経営しており、ゆえに私は幼時、この二人の義姉のごきげんうかがいをする母に手を引かれて、吉原へは何度も足をふみ入れている。

こうした環境の上に、下の叔母は、歌舞伎座で小鼓を打っていた望月長太郎へ嫁入っており、したがって母は婚家先のつきあいに幼い私を連れて劇場へ足をはこぶことも少なくなかった。

助六・法界坊・道成寺などの舞台を五、六歳のころの記憶として、いまも私はぼんやりとおもいおこすことができる。

芝居と私とは、こうして切っても切れぬ間柄になってゆくわけだが……。

ところで、私の父はというと、これは少年時代から日本橋・小網町《こあみちょう》の綿糸問屋〔小出商店〕でつとめあげ、母と結婚をしたころは通い番頭の一人で、月給は六十五円であったという。

母の鈴は、浅草・馬道《うまみち》の錺職《かざり》・今井教三の長女に生れ、同じ浅草・聖天町《しょうでんちょう》の父の家へ嫁入ったのだ。

「お前さんも変人だったが、お父さんも大変人だった」

のちに、よく母がいったものだが、何しろ、はじめての子である私が生れても、おどろきもしなければよろこびもしない。

折からの大雪の日で、父も店を休んで在宅していたらしいのだが、二階で酒をのんでねむってしまい、産婆が「男のお子さんが生れましたよ」と告げにいったら、ふとんの中へもぐったまま「寒いから、あとで見に行く」といい、ついにその日は階下の産室にあらわれなかったという人物。

とにかく大酒のみで、のちに四歳の私が台所から冷酒をもち出してのんでしまい、苦しみ出したところ、父は、私を抱いて雪の戸外へ飛び出し、

「こいつが、いちばんいいのだ」

私の体をつもった雪の上へごろごろころがして酔いをさまそうとしたという人物。

小さいころから綿糸問屋へ入って、とんとん拍子に番頭となり、月給のほかに、綿糸相場で稼ぐから金まわりはいいし、さらに池波家のたった一人の男の子というので親たちからなめまわすように可愛がられて育った父であるから、つとめ先の〔小出商店〕が当時で

四十万もの借金をこしらえて倒産したときには、手も足も地につかなかったろうと思う。私の生れた年に、関東大震災がおこった。

それで、私は六歳の正月すぎまで、埼玉県の浦和で父母と共に暮したのである。

田園生活は父母もはじめてだったろうが、そのころの浦和の印象は、とても現代の浦和市からは想像もつかぬ田舎そのものであって、母が庭へトマトや茄子《なす》をつくり、この、朝露にしめった新鮮な野菜を母と共にもぎ取っている光景と、石置場で遊んでいるとき右の手を石にはさまれて大怪我をしたときのことを、いまもおぼえている。この手の傷あとは四十年を経たいまも歴然とのこっている。

この浦和で、父は失職をした。

一度も人生の壁へ突き当ったこともなく、したがって、その壁を打ち破ってすすんだ経験もない父は、たちまちに自暴自棄となってしまい、酒におぼれた。

そこで、〔一文字屋〕の伯母の良人である伯父の小森一《はじめ》が、

「私が出資するから……」

といい、東京へ父母をもどして、下谷《したや》・上根岸《かみねぎし》へ家を借り、ここで父に撞球場を開業させたものである。

坂本二丁目から鶯谷《うぐいすだに》を経て寛永寺坂へ向う大通りの北側に、いまも、この家が戦災に

も焼けずに残っている。

　したがって、私は根岸小学校へ入学したのだが、数カ月して、退学することになった。

　父と母との間が、うまくゆかなくなったからだ。

　父は、すでにのべたような性格だし、とてもとても客相手の商売が出来るわけがない。ビリヤードの経営は母とゲーム取りの〔おとりちゃん〕というのが二人で当り、父は、いつも酒をのんでは二階にねている始末。

　いっぽう伯父（谷中《やなか》に住んでいた）は出資者でもあるし、M物産から叩きあげて財をなした人だけに経営にはやかましい。

　母もずいぶんと苦労をするのだが、父は知らん顔……というよりも、父には父で、むかしの夢を追い、その夢をまたよびもどすことが出来ないかなしみと自分の弱さを一層、酒へひたりこませるというわけだったのであろう。

　ぶらぶらしている父が私を抱いて、母の実家を訪問しての帰途、稲荷町《いなりちょう》の通りで都電（当時は市電）にはね飛ばされたことがある。父も軽傷ですんだが、私は電車の前につい ている網の上へぽんと落ち、

「バンザイ、バンザイ」

　と、両手をあげてはしゃいでいたそうだ。

そのうちに、ついに破局となる。

まあ、そのころの女房というのは芝浜の革財布ではないけれども、ぐうたらな亭主をもったなら、何とかこれをはげまして更生させようとするのが本当なのだろうが、気もつよく、東京育ちの母は、そこまではやらない。

上方《かみがた》の女とちがい、どうも東京の女は男に冷たいといわれるのは、こういうところなのだろうが、苦労がいやなのではなく、つまり男に愛想をつかしてしまうのである。

それにしても、よほど私の父は、みんなから見放された人物だったらしい。

「とにかく、酒をのんでふとんへもぐってしまうとね、三日も四日も起きない。いつ便所へ行くんだろうかと思うんだがね。それでいて、いつの間にか〔おはち〕の中の飯が減っているところを見ると、夜中に食うんだろうが……いやはや、まくらもとで私が、いくら起きろと怒鳴っても起きるどころか……」

谷中の伯父が、いまも可笑《おか》しげによくいうのだ。

この父の〔なまけもの〕の血と、母の〔はたらきもの〕の血の両方を私は受けついでいる。

こういう父であったが、私にとっては父は別に悪い父ではない。

よく可愛がってくれたし、撲《なぐ》りつけられた記憶もないのだが、自暴自棄となった父が母を撲ったり蹴ったりする光景を数度、私はおぼえている。

こう書くと、一方的に父が悪いようだが、なあに母だって口では負けていないのだ。

母は、池波家へ嫁《とつ》いだのちも、浅草の実家の面倒をずいぶんよく見たらしい。女というものは嫁いで他家の女になっても、実家のことはゆめゆめ忘れぬというが、折しも日本は非常な不況時代となり、祖父（母の父）の仕事もうまくゆかなくなってきたので、母は実家の父母と弟を何かにつけて、見てやらねばならぬことになった。

後年、母は私に、

「私が富さん（私の父）と離婚した原因の一つには、たしかに、まあ、私が永住町《ながずみちょう》（実家）のことを心配して、面倒を見すぎたということがあったようにおもう」

と、いったことがある。

それは金品を実家へ運んだということではない。池波家の女房が、実家のことへ、あまりに神経をつかいすぎたことをいうのであろう。

とにかく、夫婦別れ。

あわれなのは子供の私というわけだが、その実、ちっともあわれでなかった。

○

私は母と共に、母の実家で暮すようになった。

やがて、母は再婚して王子のほうへ行ってしまったが、少しもさびしくはない。

母方の祖父・今井教三は、初孫の私と暮すことをよろこんだ。

馬道の家が震災で焼失してから、母の実家は浅草・永住町（現元浅草二丁目）へ移転している。震災にこりたというので、そのころ流行した軽トタンぶきの屋根の家で、下が土間に三畳、六畳、台所に便所。二階が三畳に六畳と物干。典型的な当時の下町の間どりであって、祖父は土間つづきの三畳で〔錺屋稼業〕に精を出していた。

錺職は、金属をつかって〔かんざし〕や指輪、帯留などの細工をするわけで、夏の暑い陽ざかりに、双肌《もろはだ》ぬぎとなって細工に熱中している祖父の香《こう》ばしい汗の匂いを、いまもはっきりとおもい起すことができる。

祖父・教三は、何でも下総《しもうさ》・多古《たこ》一万二千石、松平勝行の家老の三男とかで、維新後、実家が落魄してのち、今井義教《よしのり》の養子となった。

この今井義教は、いわゆる江戸の御家人くずれというので、母は少女のころまで生きていたこの人を見ている。

「そりゃあ、粋なおじさんで、片だすきで内職の傘をはったりしていたものだ」

とのことだ。

この人の女房も、もとは、摂州・尼ケ崎四万石・松平遠江守《とおとうみのかみ》の奥女中をつとめ、殿さまの〔お袴《はかま》たたみ〕をしていたという。

ま、維新前ならともかく、明治になってからこうした今井家へ養子に行ったところで別に祖父はおもしろくもなかったろう。錺職の徒弟となり、一人前となってから養父母を引き取ったらしい。

私が永住町へ引き取られたとき、御家人くずれの曽祖父は歿していたけれども、御殿女中出身の曽祖母は八十をこえて尚、生きており、このひともまた私を可愛がることひとかたではなかった。

浅草・永住町というところは、昭和の戦災後も、むかし住んでいた人たちがもどって来、東京中央の繁栄から取りのこされた一角だけに、いまもふしぎにしずかな町である。このごろは私も年をとった故か、とき折は、なつかしい浅草上野へ出かけることが多く、そのたびに、自分が育ったこの町を歩いて見るのだが、少年のころと少しも、変らぬ下町の匂いがただよってい、むかしのままに路地も路地裏も残っているのがなつかしい。

しかし、その町の一角に立って、

（すでに消滅したものはなんだろうか？）

を考えるとき、先《ま》ず、私は下町から〔物売り〕の声が消えたことに思いおよばずにはいられないのだ。

私が子供のころには、金魚売り、下駄の歯入れや、玄米パン売り、竿竹売り、蟹売り……。

その蟹売りで、先日も母や家人と語り合ったことだが、大森海岸でとれた蟹が山盛り三十銭ほどで、下町の人びとは、これを夏の間食にしていた。

ゆであげた蟹を盛った笊《ざる》をかこみ、曽祖母、祖父母、それに叔父（母の弟）たちと汗をふきふき蟹の足をしゃぶったものである。

夏の朝顔売りや、薬箱の引出しの鐶《かん》をカタカタと鳴らしながら行く定斎《じょうさい》屋、浅蜊《あさり》売りの威勢のよい売り声など……およそ、こうした物音が、モーター・バイクや自動車の騒音のかわりに、町や道からたちのぼっていたのだ。

それでも祖父は、

「電車道はあぶないから……」

といい、本来ならば、前に私が父と共に電車にはね飛ばされた電車通りを越えて清島小学校へ入学するところを、わざわざ知人の家に寄留させたことにして下谷・西町小学校へ入れてくれた。

祖父の教三は、職人ながら生活をたのしむ術を心得ていた人で、むろん義太夫も芝居も大好きであって、母と叔父の小学校卒業の祝いには、

「先ず市村座へ連れて行こう」

といい、そのときの、若き日の菊五郎、吉右衛門の舞台から母や叔父も芝居見物をゆるされたのだというが、私に対しては卒業を待つどころでなく、自分が見物するときは、かならず私を連れて出かけた。

祖父は、都新聞（現東京新聞の前身）の伊原青々園《せいせいえん》氏の劇評をこのみ、そのためか叔父が生れると、青々園氏の本名である敏郎を、そのまま命名したほどであった。

この敏郎叔父が、当時は新聞記者として青々園氏の後輩であった長谷川伸氏に師事（小説でも劇作でもない）するようになり、さらに後年、私が長谷川氏の門をたたくことになる因縁にも、やがてふれてゆくことになろう。私が七歳で祖父のもとへ来たとき、すでに敏郎叔父は長谷川師へ出入りをしていた。

それはさておき、祖父によって私は諸方へ連れ出された。

秋は必ず上野の美術館へ種々の展覧会を見に行く。当時の私は画を描いていれば何もいらないという子供だったので、

「お前をね、きっと画家にして見せるよ。そうだな、鏑木清方《かぶらききよかた》さんに弟子入りさせよう、どうだい」

なぞという。

私もそのつもりで、祖父が亡くなるまでは清方先生の弟子になろうと決めこんでいたものだ。

夏の朝は不忍池へ蓮の花を見に行き、帰りには池の端の〔揚出し〕で朝飯となる。天ぷらは浅草の〔仲清《なかせい》〕、すしは奥山の〔美家古《みやこ》〕、鳥は〔金田〕など、ずいぶんと連れて行ってもらったが、ついに洋食屋だけは連れて行ってもらったおぼえがない。

〔仲清〕や〔金田〕などで、女中へチップをやるときも、そのチップの出し方や金額について、さらに一人前の大人になったら、

「かならず、外へ出るときは祝儀袋を持っていなくてはいけないよ」

と、教えられた。

こういうはなしを、いま六十歳になった敏郎叔父にはなすと、叔父も年をとったので亡父のことをおもいうかべるのかして、

「このごろ私は、毎朝、おやじの位牌の前の水を替えたり、お灯明をあげたりだね、いろいろとそのしてるんだよ。ああ、つまらない。私はおやじに、どこへも連れて行ってもら

ったおぼえがない。明日からもう、水もあげない、お灯明もあげてやらない」

しきりに、くやしがるのだ。

そのころ、文学青年だった叔父が、祖父には「小生意気」に見えたのか、

「敏郎はどうも、ごはんの食い方からして気にくわねえ」

と、私によくいっていたものだが、叔父は叔父でよく私を可愛がってくれた。それがまた祖父には気に入らなくて、

「敏郎と遊びになんか行っちゃあいけねえよ」

なぞという。

叔父は、神田の出版社へつとめてい、かたわら長谷川伸師について歌をやっていた。歌というのは和歌ではない。都々逸《どどいつ》であった。

天保年間に、かの都々逸坊扇歌《せんか》が創始し、江戸から諸国にひろまっていったこの二十六文字詩型について、長谷川師は異常な情熱を燃やしておられた。

長谷川師は平山蘆江《ろこう》・伊藤みはるの詩友と共に、花柳の巷《ちまた》にのみもてはやされた感のあるこの詩型が、もっとも庶民の詩情をうたうに適切であるとされ、新しい都々逸……のちに〔大衆詩〕とか〔街歌《がいか》〕とかの名称をつけて発表するようになったその歌の選者として都新聞に愛好者たちの投稿を選しておられた。

叔父は、その常連であって、それが縁となり長谷川師へ出入りするようになったものだ。そのころの長谷川師の歌の一つに、このようなのがある。

手からはなした万年筆の音が耳立つ午前二時

いかに従来の四畳半趣味の都々逸とちがうものを目ざしていたかが、この作を見ただけでもわかろう。

やがて長谷川師は、佐藤要《かなめ》編による〔白夜低唱《びゃくやていしょう》〕一巻を私家版として出し、その後、作歌をやめられたが、叔父が出しはじめた歌の雑誌へは助力を惜しまなかった。

この歌の雑誌の名は〔街歌〕から〔大衆詩〕に変ったが、昭和十四年九月発行のものに、

「長谷川先生の随筆のカットを、お前に書かせてやる」

と叔父がいった。

「ほんと?」

私は大よろこびで、長谷川師の〔戊辰戦史の唄〕という随筆のカットに勧進帳の弁慶を毛筆で描いたことがある。ときに私は十六、七歳であったろうか。

最近、この雑誌を佐藤要氏より贈られ、私はこおどりしたものだが、当時の私は、叔父

からいろいろとはなしをきいてはいても、まさか長谷川師の教えをうけるようになろうとは思いもよらず、まして芝居の脚本を書いたり小説を書こうなどとは考えてもみない。ただもう、

「おれは、鏑木清方先生のお弟子になるんだ」

と思いこみ、やたらにチャンバラの絵をワラ半紙に書いては悦に入っていたものだ。

こうした生活が四年ほどつづき、祖父が病歿した。

この直前に、母がまたも離婚して実家へもどって来た。

「もう男はこりごりだ」

と、母はいったが、その手に幼児がねむっている。

「そりゃ、どこの子?」

私が問うや、事もなげに、

「お前の弟だよ」

と、母はいったものだ。

これが父ちがいの弟・勇吉である。

これからの母は、祖父の死後、苦境に落ち込んだ実家へもどって猛烈にはたらきはじめる。

蕪と株

少年時の私が、たまさか愉快げな笑い声をたてると、母も祖母も、家にいるものたちがみな、ぎょっと顔を見合せ、

「おや……?」

「正太郎が笑っているのじゃないかえ?」

「まあ、めずらしいことがあるものだ。どんな顔をして笑っているのか見てこよう」

などと、一同ふしぎそうに私の顔をのぞきこんだというし、そういわれれば、私もたしかに、そのような記憶がある。

また町内では、

「お猫の正太」

と、よばれたものだ。

これはつまり、子供のくせに猫のごとくよくねむるからなので、ぽかぽかと春の陽光がさしこむ空地の材木置場などを見つけるともうたまらなくなり、木刀をふりまわしての

〔チャンバラ〕ごっこなども一人ぬけ出してしまい、そこへのぼって一日中ひるねをやる。

こうしたところは父親そっくりの〔なまけもの〕の血をひいているので、後年、海軍にとられての新兵教育時代、一日中それこそ息をつく間もない訓練に追いまわされ、一同脳裡にえがくものはトンカツやら天ぷらやら、それぞれの好物のことばかりで……むろん私もそうであったが、

（ああ、なんとかして昼寝をしてみたい）

という欲望ほど私にとって強烈なものはなかった。

兵舎《デッキ》のガラス窓から、いっぱいにさしこむあたたかそうな冬の陽ざしをあびて、彼方に下士官用の〔チスト〕とよばれる大きな箱がある。これは彼らの身のまわりの品物一切をしまっておくもので、（ああ……あのチストの上で昼寝ができたら、どんなにすばらしいことか……）

デッキ掃除に駆けまわりつつ、毎日、おもわぬことはなかったものだ。

この習癖は、いまでも直らず、つい三、四年前のことだが、京都郊外・愛宕山《あたごやま》一の鳥居下の平野屋で新緑にそまりながら昼酒をのみ、よい気持で嵯峨野へ歩いて出たとき、念仏寺の少し先の木立の中の草原が気持よさそうでたまらず、別に酔っていたわけでもなかったのだけれど、ついつい草の上で昼寝をしてしまい、気がつくと、夕空に星が出ていた。

さらに気がつくと、すぐそばの立木のところで若い男女が濃厚な接吻をかわしている。つい、おもしろくなり、年甲斐もなく、

「お化け‼」

とやったら、二人とも悲鳴をあげ、それこそ狂人のように逃げ出したものだが、おどろいたことに男のほうが女を捨てたまま一目散に走り去ったものだ。

それから嵐山まで歩いたが、パトカーだか何だか、うしろのほうでしきりにサイレンが鳴っていたのをおぼえている。

曽祖母が、よく、

「牛になるよ」

と、子供の私を叱っていた声をおもい出すほどであるから、食事をするやいなや、たちまちに寝ころんだものにちがいない。

つまり寝て食べていられるとなれば、タテのものをヨコにもせず何日でも寝ていられる。飼猫の一匹がそばにいてくれれば、こいつとあそびながら少しも退屈せず一生を送れることだろう。

しかし、そうなればもう亡父そのものになってしまうので、自分を叱りつけながら、どうやらここまではたらいてきたのである。

が、ひとたび、自分の気に入った仕事をあたえられれば、汗水ながしてはたらくところもあって、十三歳のときから今まで何度も仕事を変えたが、いやな仕事は一度もしたことがない。

ま、とにかく〔あつかいにくい〕子供だというので、母も祖母も、

「お前はね、とても上の学校へはやれないから、小学校を出たらはたらくんだけれども、よっぽど、しっかりしてくれなくちゃあいけない」

と、いう。

「いいよ、はたらくよ」

「何をしてはたらく？」

「わかんない」

「じゃあ、お前、カブ屋におなり」

「カブって……八百定で売ってるやつ？」

「ちがうよ。もっと大きなカブだ」

と、母がいうのだ。

わからないままに「いいよ」と受け合い、それから間もなく、学校の先生が、

「みんなは将来、何になる？」

きかれたとき、一同それぞれに「軍人」とか「学者」とかこたえる中で、私が、

「カブ屋です」

いうや、先生が苦虫をかみつぶしたような顔つきになった、その顔をいまでも、ありありとおもいおこすことができる。

この若いS先生と私は、どうも気が合わない。

そのころの小学校の時間割では、図画の時間は一週間のうち一時間しかない。鏑木清方の弟子になるつもりでいた私だから、この図画の時間は何よりもたのしみ。それをこのS先生は、

「図画はやめて地理をやろう」

などと、変更してしまう。

すると私は、ひとりだけ勝手にクレオンを出して図画の時間にしてしまうのだ。これにはS先生も怒って、

「そんなに描きたければ、家で描けばいいじゃないか」

「でも、学校で描くのと家で描くのとはちがいます」

「ばか!!」

しかし私はやめない。上から強圧的に押えつけられれば、それだけテコでもうごかなく

なる。

「家へ帰んなさい」

「はい」

こういうことを反復するうち、ついにこの先生に教えられた一年間の〔操行《そうこう》〕は乙であった。ほかは全部甲。お行儀だけが乙。

「キミとは気が合わんねえ」

にやにやしながら、S先生がいったもんだが、この後に来たT先生というのは、

「図画をやめて算術をやる」

と、のたもう。

算術が大好きな先生なのだ。そして、

「池波だけは、図画やってよろしい」

いってくれた。

むろん〔操行〕は甲。そのかわり算術は乙。

でも算術は得意でなく、実際によい点がとれぬのだ。T先生にはずいぶんとお世話になったし、いまもときどきお目にかかる。

しかし、祖父が亡くなってからの、わが家の貧乏は目のあたりに見ていることだし、と

ても鏑木先生門下となるわけにはゆかぬこと、歴然たるものがある。

私は、母のいうままに、その〔カブ屋〕へ奉公することにきめこんでしまっていた。

そのころ、曽祖母も亡くなった。

このひとは祖母と同じ名で、お浜という。

むすめのころ、殿さまのお袴たたみをしていて、あの上野の戦争にぶつかった。本郷だか小石川だか、殿さまの屋敷内へ上野山内から逃げた彰義隊の一人が入りこんで隠れているのを見廻りの官軍に見つけられて斬合いとなったのを、曽祖母は目撃しており、

「そりゃあお前、活動写真のようなわけにゃあいかない。じいっとこう、刀を向けあってね。お庭の、その井戸のまわりを、じりじりじりじりとまわりながら、にらみ合っていたものだ。そりゃあもう長いの何の……一時間くらいもかかって、そのうちに、ぴかっと刀が光ったとおもったら、官軍のほうが斬られて、へなへなと倒れちまった」

このはなしをよくきかされたものだ。

曽祖母は〔そうめん〕が好物であった。

それも、私が茹で、私が汁をつくらなくては承知をしない。

〔そうめん〕をつくり、盆にのせて運んで行くと、曽祖母は、

「ああ、死金《しにがね》をとっといてよかった」

いいながら、財布の中から二十銭くれるのである。

これは当時、キャラメルの大が二個も買え、少年にとっては相当な小づかいであった。

これが入ると、すぐさま私は夜の浅草へ飛んで行った。

広小路にあったカフェーの〔ナナ〕の、鸚鵡《おうむ》の電気看板がつるされた、その前あたりに〔牛めし〕の屋台が出ている。

この店の〔牛めし〕は、当時の浅草の、どの店でも十銭だったそれを十五銭とる。それだけに味が全くちがっていた。ここは叔父が教えてくれたもので、以来、病みつきとなって通いつめたのである。私は十歳であった。

おやじは中年の、細っそりした男だが、めくら縞《じま》の鯉口を着て、ときどき煮込みをすくい、小皿にとって小首をかしげつつ味を見る様子が、なかなかもったいぶっていておもしろく、粋にも見え、

（いっそカブ屋をやめて、牛めし屋になろうか）

と、本気で考えたこともある。

ピカピカにみがきぬいた屋台の、箸も器物も清潔そのもので、私があらわれるたび、

「うめえ、うめえ」

と声を発しながら食べるものだから、おやじはうれしがり、ときには、

「今夜は坊や、十銭でいいぜ」

「ほんと？　でも、わるいや」

「五銭うかしてみねえ。三度うかせば、また来られるじゃあねえか」

「うん」

私のほかに、私のような子供の常連がもう一人いた。こいつを牛めし屋のおやじは、

「蟇《がま》ちゃん」

と、よんだ。

九つか十の子供ながら、ずんぐりとした体つきのすさまじい顔つきで、こいつは向島《むこうじま》からやって来るのだという。

あるとき、牛めしを食い終って、広小路を本願寺の方へぬけて行くと、

「オイ、オイ」

さっきまで一緒に屋台へ首を突込んでいた蟇が、追いかけて来て、私の前へ立ちふさがり、

「おめえが十銭で、おれが十五銭とはどういうわけだ」

「知らないな」

「何を!!」

「牛めしやのおじさんにききな」

「こん畜生め」

　蕪は、いきなり組みついてきたが強いのなんの、たちまちに私は組みふせられポカポカとやられてしまった。

　三日目に木刀をもって出かけて行き、蕪がいたので、やつが屋台から出るのをつけて行き、仲見世から伝法院の境内へつれこみ、今度は木刀でなぐりつけた。

「おめえ、木刀もってひきょうだ」

と、蕪はわめいて、急に泣き出したのには、こっちがおどろいた。

「ごめん、ごめん。木刀をもたなきゃオレが勝てないもの」

「そ、そんなに、オレ、つよいか」

「つよい」

「よし、そんならいいや」

　これから二人は、奥山の松邑《まつむら》で〔しる粉〕をのんで別れたが、私は間もなく谷中の伯父のところへ〔おあずけ〕の身になってしまい、以後はずっと蕪ちゃんに出会わなかったが
……。

　数年を経て、いよいよ私が〔カブ屋〕なるものへつとめに出たとき、八丁堀の銭湯で、

これも〔カブ屋〕入りをした彼と再会することになる。

彼は井上留吉といい、向島の左官職の、何と十何番目かの子供で、父親が、

「これでもう、うちとめにしてえ」

という念願のもとに〔留吉〕と名づけられたそうな。

以来、この男と私は刎頸《ふんけい》のまじわりをむすぶにいたる。私の青春の半分は彼と共に在ったといってもよいほどだ。

ところで、はなしをもどそう。

谷中の伯父・小森一は、義弟にあたる私の父との関係もあり、

「正太郎のめんどうを見よう」

と、いい出したものらしい。

もっともそれには、根岸の〔ビリヤード〕を父がやめ、神田の青果市場の事務所へつとめ出したので、その後始末やら何やらで、私を中学校へあげることぐらいは出来たからだろう。伯父は私を松坂屋へ入れるつもりでいたと、後年になって語った。

住みなれた浅草・永住町を去るのはいやだったが、伯父は、

「土曜から日曜にかけて、永住町へ泊りに行けばいいじゃないか」

と、いってくれた。徐々に母の実家から引きはなす作戦だったのだろう。

「それなら行く」

永住町の貧乏を知っているから、私もことわりきれない。そして谷中へ移った。この小森の伯父は親類一同から、まるで鬼のように恐れられた人物で、M商事をつとめあげて、別の会社へうつり、四十代で産をなして隠居の身になった。なかなかに口やかましく、その経済観念のたくましくするどいことにおいては常人におよぶところではなかったというのだが、私にとっては別に何でもない。

伯父も伯母も、別に私につらく当ったことはない。

さらに、伯父夫婦の子で、私の従兄にあたる作太郎という人は、むかしから私を可愛がってくれ、この十歳年長の従兄と共に暮した谷中の生活は、私の人生に大きな影響をあたえることになる。

従兄は美術学校に入学準備（商業美術部門）をしていた。のちにすぐれたデザイナーとして活躍したが、戦争に行き、支那（中国）で亡くなった。

従兄は絵画のみか芸術のすべてを愛好した人で、谷中へ移った私を自分の弟のように可愛がり、ひまさえあれば私をつれて映画・芝居をまわり歩いてくれたものだ。

それまでの私はいうまでもなく、阪妻《ばんつま》や大河内《おおこうち》、千恵蔵《ちえぞう》など剣戟《けんげき》スターの映画を見のがしたことがなかったけれども、従兄の親切な解説によって映画・芝居の製作の実態がおぼろげながらつかめるようになり、もう私は夢中になって学校の勉強どころではなくなってしまい、この期間の成績表には〔乙〕の字がたちまちに増えた。

新国劇が、沢田正二郎亡きのちの更生を目ざして奮闘をつづけ、辰巳《たつみ》柳太郎《りゅうたろう》・島田正吾の若手を押し出し、東京劇場に〔大菩薩峠〕の通し上演をこころみ、熱狂的なファンの喝采をあびたのも、このころである。

従兄につれられ、東劇の三階席から、この舞台を見た私の身内を得体の知れぬ興奮と感動が電光のようにつらぬいた。

霧の御坂《みさか》の闇打ちで、辰巳柳太郎の机竜之介が見せた剣技のすばらしさというものを、私は生涯忘れないだろう。

辰巳も島田も、おそらくは当時、必死の意気込みで舞台をつとめていたのであろうが、あのときの舞台の、得体の知れぬ烈《はげ》しい熱気というものを、いまもまざまざとおもいうかべるとき、私は身ぶるいを禁じ得ない。

以来、私は芝居にとりつかれてしまう。

とにかく従兄と私が映画と芝居見物に精を出すものだから、伯父は、

「正太郎にあまり映画なぞ見せてはいけない」

ついでに、

「永住町へも行っちゃあいけない」

ついに宣告を下された。

こうなると私はおさまらない。

「勝手にしやがれ」

というので、さっさと永住町へ帰って来てしまった。むろん伯父は怒った。

永住町では、

「仕方がない。谷中へもどらなくてもいい」

と、いうことになった。

間もなく曽祖母が亡くなった。

母は、そのころ大阪商船ビルの地下にあった〔萩や〕というレストランのコックの下働きのような仕事をしていた。

同じ地下にあった〔レインボウ・グリル〕の繁昌に圧されつつ、細ぼそと営業していた小さなレストランである。

叔父は、出版社から深川のガラス会社へつとめがかわったけれども、依然として長谷川伸師に出入りをし、あの歌の雑誌を出していた。

小さな同人誌ではあるが、長谷川師の顔もあり、伊原青々園、子母沢寛、土師清二《はじせいじ》、野村胡堂、国枝史郎などの諸先生が随筆などを稿料ぬきでよせられ、これはいま見ても、ちょいとたのしい雑誌である。

とにかく叔父は、この雑誌づくりに給料を入れあげてしまうものだから、家計はなかなかに楽でない。

叔父も歌をやるだけに、詩集や文学書がぎっしりと書棚につまってい、これをやみくもに私は読みふけった。

永住町のわが家のまわりも、みんな、その日暮しの人びとだし、貧乏といっても食べるに困ったことは一度もない。

そのころの東京は、汗水たらしてはたらく者を飢えさせてはおかなかった。不景気つづきの世の中であったが、東京という町が人を飢えさせなかった。

水道もガスもとめられ、となり近所で助け合う風景はいつものことで、町中に貧乏の活気がみなぎっていたものである。

母も、私と弟を抱えて男同様にはたらいているのだから気も荒くなるし口も荒くなるというわけで、眼の色がちがっていたものだ。それでいて、質屋へ物をはこんでも好きな六代目菊五郎の芝居を見に行くという気持のゆとりがあったし、少年時代の貧乏暮しには、いささかも暗い思い出を私はもっていない。

いよいよ小学校も終りに近づいた。

カブ屋行きの日もせまった。

カブ屋――いうまでもなく兜町《かぶとちょう》の株式仲買店のことで、そこの杉山商店というのに、母の従弟二人がつとめている。

一人は大島寛一といって、中学卒業の後に入り、一人は滝口幸次郎といい、これは小学校卒業の子飼い店員である。

母にしてみれば、

「小学校卒業だけで、大いばりでやってゆけるのは株屋のほかにない」

と、思いきわめたらしい。

当時の兜町は、大学卒の店員なぞ数えるほどで、みな小僧からたたきあげるのを〔たてまえ〕とした。私が入るころまでは、まだ女店員もいなかったように思う。

母は、従弟たちのいる杉山商店へ私を入れるつもりだったのだが、従弟どもは同じ店へ私が来るのをいやがり、滝口のほうが、

「ほかの店へ世話する」

と、いい出した。

私は、どっちでもいい。第一、まだ〔カブ〕そのものの本体がわからない。

八百屋で売る蕪ではない〔株〕であることを知ったのは兜町《しま》へ入ってからだ。

敏郎叔父は、このことに大反対をした。

「兜町なんかへ正太郎をやってどうするんだ。あんなところへ入れると人間の屑になってしまうぞ」

と、いう。

受持ちのT先生に、相談すると、

「ああ、そりゃいかん。そりゃ池波、よしたほうがいい」

「カブヤはいけませんか」

「ああ、先生は反対だね」

「はあ……」

「それよりもどうだ、苦学しても上の学校へ行ってみる気はないのか」

ないのだ。

勉強大きらい。鏑木清方の弟子になれないのなら、仕方がないから母のいう通りに、

「カブヤに行く」

と、私は自分できめた。

小学校を卒業して間もなく、私は現物専門の∧田（やまでん）という屋号の田所商店へ

入った。

入った日の夕方に、畚の支配人が、

「キミは今日から正どんだよ、いいね」

と、いった。

再会

∧田の店は、茅場町《かやばちょう》の外れにあった。

兜町からもはなれ、その中心たる株式取引所からも遠い、このような場所に店舗をかまえているのは、この店が小さな現物取引の店であることを物語っている。

主人は田所治兵衛といって、坊主あたまの、見るからに魁偉《かいい》な容貌をした五十がらみの人物であったが、

「正どんはいいじゃないか。あの返事のしっぷりがいい」

私を大いに気に入ってくれた。

「正どん」

と呼ばれるや、

「ハイ!!」

打てばひびくがごとき私の返事が、せまい店内にとどろきわたる……というと、後年の私だけを知る人たちは、

「ほんとかい？」

と、おもうであろう。

戦後、私の返事の〔しっぷり〕は全く変った。

〔なまけもの〕の亡父そっくりになってしまったらしい。

主人《たいしょう》ばかりではなく、支配人の関口氏も、店員、外交員のほとんどが、私の返事の仕様を、

「胸がすくようだ」

なぞと、いったものだ。

私が入店して十日ほどすると、主人が、

「正どん、ちょいとおいで」

と、私をつれ、店の裏通りにある〔保米楼《ほめろ》〕というレストランへつれて行ってくれた。

当時、このあたりには、しゃれた〔食べ物や〕がずいぶんあって、保米楼も兜町では名の通った洋食屋である。

「正どん。何がいい？　好きなものをいいなさい」

大将が、ゴリラのような顔をやさしげにほころばせて、

「カツレツがいいかえ？　それともチキンライスか」

「はい……でも、あの、ビフテキってのを一度も食べたことがないんです。一度、食べてみたいとおもってたから、それがいいな」

「ああ、よしよし」

十三歳のこのときまで、私は亡き祖父のお供で、天ぷらも寿司も、上野、浅草の名店でかなり食べてきているのだが。祖父は洋食ぎらいだし、

「洋食でうまいのは、おれがつくるコロッケだよ」

という信念を、終生変えなかったので、永住町の小さな店のカツレツとか、ライスカレー(カレーライスのことだ)などを口に入れただけで、小説などに出て来るビーフ・ステーキを一度やってみたいと考えていたのだ。

なるほど、うまい。

「うまい。ウン、これはうまいです」

と、例によって感嘆の声をもらしつつ、肉片に取り組んでいる私の態を、大将、にこにことながめていたが、

「昨夜ね、お父さんが来たよ」

「え……?」

「お前のお父さん。大森の本宅へあいさつに来てくれたよ」

「そうですか」

神田の青果市場の事務員になっている父へ、永住町から一応は知らせたものらしい。

主人は、父母が離婚したことを、はじめて知ったらしく、いろいろと質問をした上で、

「ま、辛抱をするんだ。そしてね、万事、堅くやることだよ。コツコツとやる、いいね」

「はい」

「そしてね。たとえ小さくてもいい、私のような堅い店をもつようになるつもりでね、一所懸命おやり」

よい主人であった。

堅くやれということについては、母からも、

「兜町でやるからには、どこまでも堅くしてくれなくちゃあ困るよ。それでなければ、やめさせてしまうからね」

と、釘をさされてきている。

どこが〔やわらかく〕て、どうしたら〔かたい〕のか……。

入店したばかりの私には、さっぱりわからなかったが、主人はじめ御一同から大いに可愛がられ、新調の詰襟服と短靴に身をかため、平常は午後六時となれば自由時間となってしまう。すこしも辛いことはなかった。

店の三階へ、他の住込み店員と共に寝起きをし、三度の食事は、相撲のように巨大な中年の婦人が一手にさばいてくれる。

それも、カツレツや天ぷらやら、ぜいたくをきわめたものであった。

衣食住はすべて店持ちで、月給が五円。

米一升が四十銭ほどで、母子三人が三十円足らずで食べていたのだから、小僧のぶんざいではあり余る。

仕事は、取引所内にある店の電話(場電《ばでん》という)への使い走り。焼印つきの門鑑を出して、商い最中の取引所《ば》へ入って行くと、場内にたちこめる活気みなぎる場《ば》立ち連中の商いの声と手拍子の音が、

……わあーん……。

と、耳を圧倒してくる。

(なにをやってやがるんだ)

まだ、こっちは何もわからない。

そのほか、株券の名義書き替えのための会社まわりで、私はここに、はじめて丸ノ内界隈のビル街の風景や、銀座通りの景観に接したわけだ。

当時の下町の子供たちは、わが住む町を中心にした、ごくせまいところから、ほとんど

外へは足をのばさぬのが当然とされていた。

会社まわりの帰途。銀座三丁目の洋食や「煉瓦《れんが》亭」というのを見つけ、ここへ一人で入ってみた。

揚げたてのカリカリしたカツレツが、真白い皿の上へ……その味も、そえてあるキャベツの若草のようにやわらかく香り高い舌ざわりも、ウスター・ソースの匂いも、いままで食べたカツレツなど、

(あんなのは、カツレツじゃあなかったんだ)

それほどに、すばらしい味がしたものだ。

煉瓦亭は、いまも健在で、むかしのままの味を、かなり濃厚にとどめているといってよい。さすが銀座の老舗らしい地道な経営が、はげしく変転する現代にも繁盛を見せているのは心強いことではある。

少年のころが、四十をこえたいまの私に、なまなましくよみがえってくる店に、いまも食事に行けるということは、まことにうれしいかぎりだ。

月給は五円だが、店の外交員たちの使いをたのまれると、必ずチップをよこす。[山形に田]は地味な店なのだが、それでも煙草を買いにやらせ、釣銭をうけとる人は先ずいない。これはもう順おくりで、私が人に「たのみごと」をする場合には、たとえこっちが少年であって

も〔チップ〕はわたさなくてはならないのが兜町の〔しきたり〕のようなものであった。

これが一カ月で……七、八円ほどになったろうか、月給よりチップのほうが多いのだ。

（なるほど、堅くやれというのは、このことだな）

おぼろげながら、そう思った。

やがて、今度は、母が店へあいさつに来た。折から土砂降りの日で、母は自分の洋傘も蛇の目も買えず、つとめ先のレストラン〔萩や〕の名入りの番傘をさしてやって来たのを、いまもおぼえている。母にいわせると「あのころが、いちばん苦しいときだった」そうな。

父は、主人のところへは〔あいさつ〕に行ったけれども、私の前には一度も姿を見せぬ。

青果市場では、かなり重用されていると谷中の伯父からきいた。これは㊎へ来て、生まれてはじめて電話なるものを自分でかけてみたのである。知っている人の中で電話の所有者である人物は谷中の伯父・小森一よりほかになかったからだ。

谷中を黙って飛び出した私だが、平気で電話をかけると、伯父も怒ってはいず、

「それはよかった。堅くやるんだね」

また堅くしろ、という。

そのとき、伯父が、

「私が青果市場へ世話をしたんだが、富さん（父）あれで、なかなか事務的才能もあるし

ね、そろばんもうまいもんだから重宝がられて、それで富さん、気をよくしたらしく、ま、一所懸命でやってるらしいよ」

「へぇえ……ちょいと遅すぎましたね」

「そうさ。別ればなしが持ち上る前に、いまのようにやる気を出してくれりゃあよかったんだがね」

「ハイ」

「それでね、富さんも、いつまで独身《ひとりみ》でいるわけにゃあいくまい。新しいおっ母さんを世話してもいいかい?」

「いいですよ」

「お前はもう、永住町のおっ母さんのものなんだしね」

「そうです」

「じゃ、いいね」

「うん」

私は賛成であった。しかし富さん、女より酒という人物であるから、母と別れて以来、いかに世話する人あってもこれに乗らない。

母もまた、父の〔なまけもの〕であることはみとめても〔悪口〕をいいたてたのを一度も私はきいたことがない。

こうして、私の〓における生活が、ようやく落ちつきはじめたある夜のことであるが、八丁堀の銭湯へ出かけ、湯ぶねにつかって〔ながし場〕へ出た瞬間に、ざぶりと桶いっぱいの冷水を私の頭から浴びせかけたものがいる。

「だれだ‼　この、ばかやろう」

ふりむきざま、組みついてゆくと、相手の少年が、

「つめたかったろ」

「あたりめえだ」

いい、ぽかりと一つ、なぐりつけると、これをにやにや甘受した少年が、

「おい、おれだよ」

と、いう。

「あっ……」

私は、仰天した。

牛めしやの常連……向島の蟇公。本名・井上留吉ではないか。

「お前か……」

「お前。こんなところでなにしてる?」

「奉公してる」

「どこへ」

「茅場町のカブ屋で、田所商店……」

「なんだ、∧田じゃねえか」

「そうだよ」

「おれは◬にいる」

◬すなわち［まるうろこ］とよむ。これも現物屋で、店は兜町にあったから、いままで留吉と顔が合わなかったのだ。

この夜。彼は八丁堀の寄席へ出かける前に、この銭湯へはじめて飛びこんだらしい。当時、銭湯には手ぬぐいも石鹸《しゃぼん》も売っていたものだ。

「よかったな、おい」

「会いたかったよ」

「お前、居どころを教えなかったもんだから……」

「お前、あれから広小路の牛めしやへ来なかったもんな」

「ちょいと、おあずけの身になっちまってね」

ともかく留吉との再会は、私の生活を尚も充実させてくれた。

「銀座へ行ったか。おどろいたよ、おれも」

と、留吉。

彼も丸ノ内や銀座の景観を、はじめて見たのである。

「煉瓦亭でカツレツを食った」

「うめえか?」

「うまい」

「おれは、この間、書き替えの帰りに資生堂というところで、チキンライスを食ったけれども、びっくりしたよ」

「ふうん」

「ピカピカの銀の、こうフタモノの中へお前、チキンライスが入っていやがる。こいつをお前、白服のボーイがはこんで来てな、大したもんだぜ」

「うまいか?」

「うめえのなんの……浅草の〔中西〕でも、ああはいかねえ」

と、蟇はよだれをたらさんばかりの顔になって、

「天金の天ぷらもいいぜ」

などという。

なにしろ、彼とても月給のほかのチップで、ふところはふくらみきっている。

「今度の休みは、一緒に出かけようじゃねえか」

「むろんだ」
〔モナミ〕だの〔エスキモー〕だの、銀座の瀟洒《しょうしゃ》なレストランの店がまえや、料理の味は、絶対に下町のそれいには無いモダンなものであった。
堅くやることなど思いもよらぬ。

二人とも、食べ歩きにもう夢中で、貯金どころのさわぎではない。小学校を出たばかりの子供が、こんなまねをしているのだから生意気になるばかりで、たまに永住町へ帰っても、祖母がこしらえる食べものや肉屋のコロッケなぞは見向きもしなくなってくる。

こんなに、こたえられない職業が世の中に存在しているとは、わが尊敬する大佛《おさらぎ》次郎、佐藤紅緑《こうろく》、吉川英治、山中峯太郎《みねたろう》など少年倶楽部に力作をよせられた諸先生の小説にも出てはいなかった。

四カ月が夢のようにすぎた。

そして、私は昇進をした。

私の下の山口粂四郎《くめしろう》、つまり〔粂どん〕が入ったので、私はチッカー係というのにまわされたのである。

取引所において、刻々と変動する株式相場は、各取引店に設置された〔有線印字式電信機〕によって報ぜられる。

リズミカルな音と共にテープへ打ち出される相場の変動を用紙にメモしつつ、これを店内にむらがる客や店のものに、大声を張り上げて知らせるのが、チッカー係の役目だ。

大きな取引店になると、取引所の場電と直通の電話があり、この係が大声をあげる。すると、客のたまり場に設置された相場変動表の前にいる店員が、これを黒板か、またはブリキ製の相場表をあやつって客に知らせる。

畣は小さな店だから、これをすべてチッカー係がやるのだ。

ここで私は、はなはだ困惑をした。

どうにも、この大声が出ないのだ。

いや、出したくないのだ。

声が出ないほどの恥ずかしがりやではもちろんないのだが……。

つまり、人間が大声を張りあげるについては、人間自体の肉体、または感情に著しい刺激か昂揚があってこそ自然に大声が出るのであって、機械から出てくる数字を、

「新東五ヵイ六ヤリ」

だとか、

「炭鉱八ヵイ九ヤリ」

だとか、たった一人で空間に向って叫ぶというのが、どうにも馬鹿馬鹿しい。だから普通の声でやっていると、

「もっと大きくどなれ!!」

と、支配人が怒鳴る。

「郵船八ヵイ九ヵイ五円ヤリ」

「ばか!!　お前は返事がいいくせに、なぜ大きな声が出ない」

こう無理に強要されればされるほど、私は相手の思うままにならなくなってしまう。

「正どん」びいきの支配人も、ついに烈火のごとく怒り、大声を出さなければ、

「クビだ!!」

と、叫んだ。

こうなると、そのころの私はテコでもうごかなくなる。

店員一同、外交員たちも私がやめることを惜しがって大いに運動してくれたが、とにかくもう大声は出さぬときめてしまっているから駄目だ。

ついに、やめることになってしまった。

◬へ行き、井上留吉を呼び出して、すべてを告げるや、

「お前は、まったく妙なやつだよ」

「そうかい」

「どなれよ、おい。どなりゃいいんじゃねえか、おれをどなりつけたようにさ」

「空気に向ってどなるのはいやだ。たとえば、おれが相場をどなったら、だれでもいい、ちょっと返事をしてくれりゃあいいんだが……」

「ぜいたくいうねえ。あきれたもんだ」

「ま、これでお別れだよ」

「また、来るんだろ。来いよ。来るっていえよ」

「わからねえな」

「おれはね、波さん。お前と二人で、いまに現物屋をやろうと思っていたんだぜ」

と、蕃は大きなことをいい出した。

「それを考えろ。だから、もどってこい」

「うん……まあね……」

とにかく、わずか四ヵ月の奉公で、私は永住町の家へもどった。

「兜町なんかへはもう行くな。人間がクズになる」

と、敏郎叔父は、友人の三井という人にたのみ、私を日本橋の〔鉄屋〕へ入れてくれた。

この店では〔正どん〕などと呼ばずに「池波君」という。主人も店員も、みんないい人たちばかりであったが、着任早々の夕飯に、肉屋で売る二銭のコロッケがたった一個、キャベツのお供もなく、わびしげに鎮座ましましているのを見るや、

「こいつはたまらねえ」

私は、げっそりとしてしまったものだ。

「こんなものを食っていては幽霊になっちまう」

早くも兜町のぜいたくな暮しが、子供の私にしみついてしまっていた。

それにもう一つ。

銭湯に行けないのである。店の浴室のしまい湯は、どろどろに濁ってい、上り湯もない。東京の銭湯の、あり余る湯で垢をながす癖が身体にも気持にもしみついてしまっているから、こんな汚ない湯を毎晩つかうのかと思うと、涙が出て来た。

三日目に、私は独断で暇をとって永住町へ帰って来てしまった。

その次は、小石川にあった看板屋へ、これも叔父の世話で行った。

ここの主人兄弟は叔父の友人であり、兄の宮口庄蔵氏は書道の先生もしていたし、弟の豹《ひょう》氏は二科の画家で、まことに家庭的な、まるで家族の一員にでもなったような職場であった。

看板もつくるし、高い足場にのぼってペンキも塗れば、家屋の壁ぬりまでやる。小さな店で、店員は私のほか二名。主人兄弟も一緒になってはたらく。

三ヵ月もすると、私の肉体が引きしまってきた。

銭湯へ行って自分の腕を折り曲げて見ると〔ちからこぶ〕が盛りあがってきはじめた。

この年齢で、この数ヵ月の労働をしたことが、後年、私の健康にとってどれだけ大きなものであったか……いまにして、つくづく思い知らされている。人間の身体は十三、四のころにきたえておくことが、もっともよい。それは二十代になってからのスポーツなどより数倍の効果をもたらす。

しかし、この店も半年とつづかなかった私であった。

夢中の日々

看板屋ではたらいていたころ、先輩の田中某と共に、麴町《こうじまち》の重光葵《しげみつまもる》邸へ仕事に行ったことがある。

その前夜……。私は主人から、重光氏が駐支大使のころ、第一次上海事変の収拾に活躍中、朝鮮の左翼独立党の爆弾襲撃にあって、一脚を切断されたというはなしをきいていた。

「私は重光さんという人は、なかなかえらい人だとおもっている」

と、主人がいったので、そんなにえらい人なら何か一つ、記念に書いてもらおうとおもい、神楽坂の文房具屋で白扇を一つ買いもとめてきた。

そこはまだ十三の子供で、第一、重光氏が在邸しているかどうかもわからぬし、お目にかかれるわけのものでもない。

翌朝。重光邸へ出かけた。あまり人気もない広い邸内のキッチンと廊下の壁塗りをカセイン塗料でやるわけであった。

折から夏のことで、重光家の家族は軽井沢へ行っているという。

壁塗装は、先ず紙ヤスリで壁面を丹念にならす。これが充分でないと仕上げに失敗をする。一所懸命に壁ならしをやっていると、すぐ傍の廊下へ松葉杖をついた中年の紳士があらわれた。半袖シャツに半ズボンという軽装であったが、これぞ重光氏だとおもい、

「今日は」

あいさつをすると、紳士は、

「おお」

うなずき、何やら興味ふかげにわれわれのすることを見ている。

田中は私の袖をひいて、

「ばか。気やすくあいさつするな。重光さんだぞ」

と、ささやく。

「やっぱり、そうか……」

「早く仕事しろ」

それにはかまわず、私は、いきなりズボンの腰ポケットから昨夜の白扇を引きぬき、

「ひとつ、おねがいします」

と、やったものだ。

「ばか、ばか」

と、田中はしきりに狼狽したが、重光氏は、にっこりと扇子をうけとり、開いて見て、

「買ったばかりだね？」

「ええ。ひとつ記念に何か書いて下さい。大切にします」

「よしよし」

意外に、あっさりと引き受けてくれたものである。三日後、仕事が終ったときに、重光氏はまたもキッチンへあらわれ、

「君らはようはたらくねえ。応接間にお茶とケーキが用意してあるから来なさい」

「あの、書いてくれましたか？」

「書いてある」

応接間で、重光氏はくだんの白扇には〔精神一到、何事不成〕と書かれ、署名の下に朱印二顆《か》が捺され、実に、

(見事なものだ)

と、子供ながらおもったものである。

ついでに田中も色紙をいただき、大よろこびであった。

「今度、なにかあったら、また君らの店へたのもう」

と、重光氏は手ずから銀製の茶器をとって、紅茶を私たちにいれてくれた。

「そしたら、また会えますね」

「さあ、どうかね。ぼくは、いつまた外国へ行くか知れないから……」

「ははあ……」

「君は、おもしろい少年だね」

「そうでしょうか……」

「ウム。おもしろい、おもしろいよ」

と、しきりに重光氏はおもしろがってくれた。

私は、このとき以後、重光氏と再会しなかった。なぜなら、この重光邸キッチンの仕事を終えて間もなく、店をやめたからである。

いまも私は……三十余年前の、あのとき、重光邸のバスルームの一隅に、窓からさしこむ夏の陽に光って、白い松葉杖が置かれてあった光景を、昨日のことのようにおもいおこすことができる。

少年時代の印象というものは強烈であって、重光氏が政治家として戦後に活躍をされ、昭和三十二年に急逝されたときは、哀しかった。書いていただいた白扇は戦災で焼けてしまったが、氏の温顔は、いまも私の眼の底にやきついている。

ところで……私は看板屋の仕事がきらいではなかった。

まるで自分の店のような家族的なところだったし、給料は少ないけれども仕事がおもしろい。けれども、その少ない給料をつかう暇がないのである。これが退職の原因であった。

朝から晩まではたらきづめで、体軀はがっしりとしてきたが、とにかくもっと映画や芝居が見たい。どんな書物でもよいから手当り次第に読みたい。その暇が何よりもほしい、のである。これが通勤ならともかく、住込んでいるのだから尚更に自分ひとりの時間がもてない。それで、やめた。

例のごとく浅草・永住町へもどったのだが、今度は叔父も、

「勝手にしろ」

怒ってしまい、やむなく、祖母が乗り出してくれた。

「仕様がない。あたしが杉山さんにたのんでみよう」

と、いうのである。

これぞ、私が待ちうけていたところのものだ。

すなわち杉山宇一郎商店は、兜町でもすじの通った株式仲買店であり、一般取引員であるから（やまでん）のごとき小店とはくらべものにならぬ。

屋号を杉一（すぎいち）という。

この店には、母の従弟ふたりがつとめているし、従妹は、以前に杉山家の女中として長

年つとめていたことがあって、亡き祖父・今井教三は杉山夫人から指輪の注文をうけたこともある。

そういうわけで……。

その年の秋の或日、私は祖母と、母の従妹およしさんにつきそわれ、杉山宇一郎氏の本宅へおもむいた。

この本宅は茅場町の交差点から深川へ向って行く右手にあり、𠆢田の田所商店とは電車通りをへだててのすぐ近くで、私は、かねてから知っていた。

鉄筋コンクリート三階建の本宅は、いまも尚、茅場町にのこってい、どこかの証券会社の店舗になってしまっている。

杉山宇一郎氏は坊主あたまの五十男で、神経質そうな顔貌をしていたが、

「実はね、お前さんは私の店《ところ》へ来る筈《はず》だったんだが、どうしたことか𠆢田へ行っちまったそうじゃないか」

そこで、およしさんが、従弟二人が同じ店へ「あいつを入れるのはいやだ」といい、𠆢田へ世話してしまったことを語った。

「そんなことだろうとおもっていたよ。ま、いい。とにかくね、うちはかたい店なんだから、どこまでもかたくやっておくれよ」

杉一の主人《たいしょう》が強く念を入れた。

「お前さんは住込みがいいかえ？　それとも通いがいいのか？」

「通いがようございます」

「よろしい」

私は、天にものぼる気持であった。

上の学校へも行けず、十三歳で世の中へ出て行ってはたらくことについては何とも思わないが、どうも住込みはいやであった。なにも、男まさりの母のそばにいたいというのではない。つまり、通勤の〔自由〕がほしかったのである。家へ帰れば自分の自由が得られる。この一事が当時の私にとって、どんなにすばらしいことだったか……。

そのころ、杉一につとめている母の従弟のひとり、滝口幸次郎は永住町の我が家の二階へ住んでいた。彼も七、八年の奉公をすませ、ようやく一人前の店員として通勤をゆるされたわけである。この人は父母ともに早死にをし、妹の信子ひとりが親類の家で暮しているというさびしい身の上であったが、当時二十《はたち》そこそこで、いっぱし相場を張って金まわりなぞも大したものであった。

この滝口が私をつかまえていうには……。

「こうなったら仕方がないから、おれが何から何まで教えるよ」

「たのむよ、幸ちゃん」

「そのかわりだ。こいつだけは約束してくれ。おれが教えたことは、おふくろにも店の連中にも、これっぱかしもいっちゃいけない」

「悪いことなの？」

「悪いことも、いいこともある」

「ふうん……」

「とにかく、この永住町の家にも杉一の店にも、どこまでもお前は、まじめに……そうだ、大島の寛ちゃんみてえに、かたい、まじめな人間で通してくれなくちゃあ困る」

大島寛一は、もう一人の母の従弟で、この人物は兜町につとめていながら、向島の自宅から日本橋まで徒歩で通勤しているサムライであるから、同じ株をやるにしても、こつこつためた金できちんと現物を手に入れ、渋く利殖しようという堅人である。

杉一へ入ってから、私が、

「寛ちゃん、向島から歩いて通ったら靴の底の減りがひどいでしょ。靴直しにかかる金と電車賃と差し引いたら、どっちが得かな」

と、きいたら、

「それはお前、歩き方ひとつさ」

と、こたえたほどの人物であるから、戦後は足を洗い、国鉄へ入って出世をしたし、財産ものこしている。

私が兜町《しま》へもどって、もっともよろこんだのは〔蟇《がま》〕の井上留吉であったことは、いうまでもない。

私は、井上と共に久しぶりで銀座へ出て、資生堂の定食を食い、

「おい留ちゃん、生きっ返ったよ」

と、いった。

○

私が杉一商店へ入ってから間もなく、滝口幸次郎が店をやめた。

いや、やめさせられたのであろう。

私も入店早々のことで、その〔いきさつ〕はわからなかったけれども、滝口は現物の帳場の同僚たちと共に店あつかいの相場に穴をあけてしまい、どうも同僚たちのぶんまで自分ひとりが引きかぶって店をやめたものらしい。

以後、滝口は、この〔いきさつ〕について、みれんがましいことを一言も洩らさなかった。

翌年……あの二・二六事件があった。このときの相場の混乱のすさまじさは、少年の私にも何となく只事でない予感がしたものである。

次の年には蘆溝橋で日支事変の火ぶたが切られた。

だが、私の生活は平穏であった。

商《あきな》いが暇なときは、午後が三時すぎにひけ、後始末をすると、五時には店を出られる。

このころになると兜町でも小僧さんたちを〔……どん〕などとは全くよばなくなり、私も「池波君」とよばれたものだし、そろそろ女子事務員を採用する店が出てきた。それまでは女禁制の土地であったといってよい。

私はもう芝居と映画見物に夢中であって、その間隙をぬい、やたらめったに読書をした。

小説はもとよりだが、岩波文庫を片端から読みあさったものだ。

古事記から日本書紀、万葉集から、むろん平家、増鏡まで読んだ。とても全部はわからぬ。わからぬところは中学生用の注釈をほどこした参考書と照らし合せてよむ。つまらぬと思うものは投げすてて次へうつる。別に向学心から出たものではなく、読書は私のたのしみであった。

中江藤樹の〔翁《おきな》問答〕までよんだものだが、中でも〔海舟座談〕のおもしろさというものは、そのころの私にとって筆舌につくしがたかったことをおぼえている。このころに買った岩波文庫のうち、この〔海舟座談〕と〔良寛詩集〕と、ハドソンの〔はるかな国とほい昔〕の三冊が、ふしぎに今も残っている。私が兵役に出ている留守中、女たちばかりの家は、もちろん戦災で灰になってしまったけれども、母が何か衣料品を他へあずけておいた箱の中に、この三冊が投げこまれていたのである。

鷗外、藤村、荷風、独歩、一葉、鏡花など手当り次第によむ。外国文学では、そのころ私にとってディッケンズやキップリングが、もっともおもしろかったのは当然であろうが、さすがにドストエーフスキイの〔悪霊〕などは一冊目で投げてしまい、そのくせ〔罪と罰〕は夢中でよんだ。

とにかく、映画か芝居を見物し、家へ帰って十二時ごろから、明け方の四時ごろまでよむ。それで翌日の勤務には少しもさしさわりがなかった。たのしさで夢中の明け暮れであったといってよい。

〔種の起原〕など、よんでびっくりしたものだが、さらに、ファーブルの〔昆虫記〕なども辛抱づよくよんだものだし、ニイチェの〔この人を見よ〕なぞというのを、

「題名がおもしろそうじゃねえか」

と買って来て、一、二ページをよむや、

「こいつは手に負えねえ」

あっさり放り出してしまったこともある。

ともあれ、来る日来る日が、おもしろくてたまらない。

滝口幸次郎は他の店へうつり、相場をやりはじめたが、

「いまに、そっとお前にも教えてやるが、まだ早い」

と、いう。

「おれが杉一をやめることになってしまったいきさつについては、お前もうすうすは知っているだろうが……くれぐれも店を失敗《しくじ》っちゃあいけないよ。どこまでも店では堅くつとめておいてくれ。それでなくては、おれが、お前のおっ母さんにすまないからな」

「わかってる」

私は、取引所内にもうけられた店の電話の走りつかいをやっていたが、このころはまだ相場に手を出すことなぞ考えてもいない。見るものが、読むものが、あまりにも多すぎるから他へ眼を向けている間はないのだ。

井上留吉は、依然、前の〔現物屋〕にいたが、こやつもう一人前に少しずつ〔手張り〕の味をおぼえていたらしく、

「資生堂がいいか、モナミがいいか」

などと、時折は百円札をちらつかせて小鼻をうごめかしていたものだ。

芝居見物は、東京各座を井上と共に全部見てまわる。歌舞伎から新派、新国劇から浅草の梅沢昇まで見物したあげく、さらに、母と共に歌舞伎座か東劇へ行く。

母は六代目・菊五郎一本槍であるが、井上と私は、当時、十五代目・市村羽左衛門と先代・市川左団次崇拝であって、左団次が久留米絣《がすり》をきちんと着て銀座を歩いているのを見たその足で、三越へ飛びこみ、井上と二人で同じこまかい柄の久留米絣を一疋買いこみ、芝居見物の日には、二人とも得意で、これを着て出かけたものだ。

当時、私も井上も十五歳。井上は手張りでもうけるから金もたっぷりあったが、私は月給十円ほど。このうち五円を家へ入れる。のこる小遣が五円というわけだが、そこは兜町ではたらいているのだから人に知られぬ収入が月給の二倍ほどはあった。

母も、そのころは家の近くの府立第一高女の〔購買部〕へつとめていて、収入もきまり、家計もいくらか余裕が出て来て、うるさいことはいわなくなっている。

ところが敏郎叔父のほうは、どうも身がかたまらぬ。例の都々逸の歌誌〔街歌〕を相変らず発行しつづけていたけれども、ガラス会社をやめてしまい、永住町の家を飛び出してしまったものだ。

なにかのときに、叔父が杉一の店へあらわれ、

「お前、帰りに長谷川伸先生のところへ行って、原稿をいただいて来てくれないか。おれ

は急用で鬼怒川《きぬがわ》へ行かなくてはならない。電話でおねがいをしてあるから……」

と、いう。

むろん、よろこんで出かけた。

長谷川師は、二本榎町《にほんえのきちょう》の現在の御宅へ移られたばかりのころであったろうと思う。

うかがうと、奥さまが取次いで下すって、すぐに先生が原稿の封筒をもって玄関にあらわれ、

「君が、今井君の甥ごさんかい?」

「ハイ」

「今井君。家を出たんだってね」

「ハイ」

「それで、家のほうは、うまくいってるの?」

「母と祖母と、親類（滝口）が一人と、私と弟と……」

「いや、そうじゃない。そのねえ、つまり……なにか困ってることでもないかというのだ」

「あ……大丈夫です」

「君は、株屋さんへ行ってるんだってね」

「ハイ」

「しっかりやんなさい」

「ハイ」

お菓子をもらって退散したが、

(あれが「瞼《まぶた》の母」の長谷川伸先生か。なるほど少しも気取りのない、やさしくてりっぱな先生だ。叔父さんは、あんな先生をもってしあわせだな)

と、私は思った。

後年、私は長谷川師の門下となったとき、叔父の名前を出さずに、だれの紹介もなしに、単身たずねて行ったので、師は、このときの十五歳の私をすっかり忘れておられた。

ところで……。

井上と私の芝居見物——ことに歌舞伎への熱中の度が高まるにつれ、井上は、こんなことをいい出した。

「もうひとつ、おれには物足りねえところがある」

「何が……?」

「歌舞伎を見るには、もうちっと、おれたち勉強しなきゃあいけねえ」

「そりゃそうだ」

「第一、所作事が、もうひとつ、つまらねえ」

「きれいなことはきれいなのだが、清元だの長唄だの、それを知らねえからな、おれたちは……」

「知ろうじゃねえか」

「どうする?」

「なにか一つ、やるんだ。長唄がいいだろ」

「稽古に行くのか」

「そこまで、ちょいとでもやらねえじゃあ、とてもわからねえよ」

「よし、やるか」

「そのかわり何だぜ。こいつは他人《ひと》に内密《ないしょ》だ。おれたち芸人になるんじゃねえ。あくまでも歌舞伎を見るためにやるんだからな」

「当り前だよ」

そこで井上留吉、浅草・田中町に住む長唄の師匠で松永和吉朗（ゆえあって仮名である。もしもいま同名の方がおられたなら、おゆるしねがいたい）という人を見つけて来た。なんでも井上の遠縁に当るとかで、月謝は五円也。

和吉朗氏は四十そこそこの温厚な人物で、二人が志をのべると、

「いや感心。若いのにそこまでしなさるというのは大変にけっこう。では〔黒髪〕からやりましょう」

といったが、二人とも、かねて打ち合せたごとく、来月は六代目の道成寺が出るので、いきなり〔娘道成寺〕を稽古してくれといい張ったものだ。

「こんな弟子は、はじめてだ」

と、和吉朗氏はいい、それでも、その日から稽古してくれたが……翌月。まだ三分の一ほどしか稽古はすすんでいなかったが、二人して六代目の〔道成寺〕を見物すると、俄然、いままでとは全くちがう。おもしろさが二倍も三倍にもなっている。

歌詞がのみこめ、節がわかるから、役者の踊る、その振りの意味が、はっきりとわかるのである。

「こいつは、こたえられない」

というので、道成寺をあげると、すぐに〔勧進帳〕をならった。これも近いうちに、必ず上演されるにちがいないからだ。歌舞伎観賞のためなのだから、一通りやればいい。次は〔綱館《つなやかた》〕をやり〔楠公〕をやった。大曲ばかりをのぞむので和吉朗氏もあきれ果てたらしいが、それでも、かなり熱心に稽古をつけてくれたものである。

十五代目・羽左衛門

私と井上留吉の、芝居見物のための長唄の稽古は一年ほどで終ったが、井上は尚も向島の自宅近辺に住む花柳なにがしについて踊りもやったらしい。

師匠の松永和吉朗氏は、私どもの稽古がやんだのちも、仲よしとなり、この人によって種々雑多な場所へも私たちは出入りすることになるのである。

それはさておき、このころの私にとって、生涯忘れ得ぬ〔思い出〕をあたえてくれた人物を書いておきたいとおもう。

この人……すなわち十五代目・市村羽左衛門である。

私が数え年で十六歳になった年の春だから、それは昭和十三年ということになる。

兜町に近いためもあって、井上と私は、よく日本橋の三越へ出かけた。というのは、三越ホールで、ほとんど毎日のように種々の邦楽や舞踊の温習会があり、二階席はデパートへ来る人たちへ無料で開放している。われわれはとても自分の稽古では間に合わなくなり、この三越ホールでの見物によって、同じ曲、同じ舞踊をくり返し見ることを得た。

羽左衛門も、よく三越へあらわれる。これはむろん買物に来るのであって、七階の特別食堂のクローク前で、どこかへ電話をかけている姿を目撃したことがある。

「おい」

と、井上留吉は感激に双眸をかがやかせ、

「舞台とそっくりだな」

「うむ。颯爽たるもんだね」

舞台そのままの、歯切れのよい、若々しい張りのある、あの口跡《こうせき》そのままのめりはりで日常の会話をかわしている羽左氏を、二人して見とれたものであった。

三越で見かける羽左氏は、いつも洋服を着てい、それがまた実によく似合っていた。当時、六十五、六歳であったろうが、この人の洋服姿は単に似合うとかモダンだとかいうのではなく、洋服が、氏の着なれた舞台の衣裳そのもののように……つまり和服を着ているのだか洋服を着ているのだか、その区別がつかぬほどの適切さをもって羽左氏のすんなりした肉体をおおっているのであった。

その年の春、四月はじめ……。

何度目かに、三越の展覧会場をまわっている羽左氏を見た。このとき、私はひとりであった。羽左氏は断髪の美女をつれて画を見ている。この美女、松竹歌劇の川路竜子ではなかったろうか……ちがうかも知れない。

私は衝動的に、万年筆と手帳を出し、羽左氏の前へすすみ、

「急場のことで、まことに失礼ですが、この手帳へサインをしていただけないでしょうか。私は、あなたのファンであります」

と、やったものだ。こういうところは重光氏へ白扇を出したあのくせがそのまま出ている。

すると、羽左衛門は（ほほう……）というような顔つきで、詰襟服の私の、満面ニキビの花ざかりという顔を打ちながめ、

「そりゃあ、どうも……毎度ごひいきに」

さわやかにいってのけるや、かるく頭を下げたのである。いささかも少年の私を軽《かろ》んずることのない、その態度に、私はもう興奮するやら冷汗をかくやら、手帳と万年筆を差し出している手がぶるぶるとふるえはじめた。

「おねがい、します」

「いいけど……」

と、羽左氏はちょいとくびをかしげ、すぐに、

「明後日のいまごろ、ここへ来られる？」

「はっ……」

「もし来られるんなら、ちゃんと色紙へ書いたのをさしあげよう」

「き、き、来ます!!」

「じゃ、そのとき」

にこにこしながら、美女と共に去る羽左氏を、私は茫然として見送った。

その夕方。三越のならびで日本橋寄りのところにあった〔花むら〕という店で、私は井上と夕飯を食いながら、このことを語ると、

「うそつけ、うそつけ」

井上は全く信じない。

「うそだと思うんなら、明後日来い」

「行くとも。いいのか、え……」

「もし本当だったら、お前どうする?」

「モナミのカレーライスをおごる」

「だめだ、そんなもの」

ちなみにいうと、この〔花むら〕という店は、むかし、日本橋に魚河岸があったころの名残りをとどめているかのような、いわゆる上等の〔めしや〕といったらよいか……いいや、しゃ

れたかまえの入口を入ると鉤《かぎ》の手の土間にかこまれた入れこみの大座敷で、ここにはたしか、いちめんの籐畳《とうだたみ》をしきつめてあったようにおもう。

茶わんむし、鯛の刺身、吸物……みんなうまかった。ここは井上留吉との待ち合せ場所として、以後数年間、三日にあげず夕飯を食べたものである。

さて、当日になった。

約束の時刻の昼すぎ、三越の展覧会場へ、おそるおそる入って行くと、羽左衛門の姿はない。

「ざまあ見やがれ」

ついて来た井上がせせら笑った、その瞬間に、

「ざまあ見やがれ」

と、私はいい返した。

まさにそのとき、羽左氏は今日、中年のあでやかな婦人をしたがえ、颯爽と入って来られたではないか。井上は横っ飛びに何処かへ逃げてしまった。

「や、お待ちどお」

と、羽左氏。

「は、はっ……」

私は最敬礼をくり返すのみで、そのとき、かわした言葉もよくおぼえてはいないほどだ。

羽左氏は、紅梅の一枝を淡彩でえがき、これに〔羽〕の一字をしたためた色紙を下すった。朱印は〔十五世〕とあった。

「どうもありがとうございます。一生の宝にします」

私の眼から、何か熱いものがふきこぼれてきた。

これは色紙をもらったうれしさのみではなかったこと、いうまでもない。天下の大名優として自他共にゆるしている氏が、見も知らぬ十五か十六の小僧との約束をきちんと守られた、その律義な、美しい人柄に感動したのである。このときの感動は有形無形に、現在の私へ尾を引いていて、ともすれば、わが人生に対してゆるみがちになる自分のこころをひきしめてくれる。

「じゃあ、さよなら」

と、羽左衛門はにっこりとし、色紙のほかに歌舞伎座の封筒を私にわたし、

「これからも、ごひいきに」

いうや、またも颯爽として去って行った。

封筒の中は一等の入場券が二枚。席番は(ち)の、たしか二十四番であったとおもう。

いつの間にか、傍へ来た井上留吉へ、

「ざまあ見ろ」

私は怒鳴りつけた。

「へへ、……」

「見ろ。切符までちょうだいしたよ」

「大した人だなあ、あの人は……」

「いまわかったか」

「うん。たしかに、わかった」

折しも歌舞伎座は団菊祭で、私と井上は二日目に見物していたが、この後、二度は見物するつもりでいたのだから、欣喜雀躍、羽左氏が招待してくれた当日の歌舞伎座におもむいた。

出しものは、六代目菊五郎の踊りが〔年増《としま》〕と〔浮かれ坊主〕で、つなぎの駕籠かきが男女蔵（現左団次〔編集部注・三代目〕）と故時蔵（先々代〔同・三代目〕）だ。それに先代幸四郎（同・七代目）の〔暫《しばらく》〕、菊五郎の〔塩原多助〕などが出たのをおぼえている。このとき羽左衛門は〔源氏店〕の〔切られ与三〕を演じた（他の役をどうもおもい出せぬ）が、翌日になると、私は例のレストラン〔保米楼《ほめろ》〕名物の〔ロースト・ビーフのサンドイッチ〕を大箱へつめさせ、生野菜の飾りつけも念入りにさせ、箱の表の紙片へ〔ちの二十四番より〕と記し、これを歌舞伎座の羽左衛門氏の楽屋へとどけさせた。

羽左氏との間は、これきりのことである。

私が兵役中に、氏は、信州・湯田中の旅館〔よろずや〕へ疎開され、昭和二十年五月、七十二歳をもって亡くなられた。

終戦後、復員して来た私は、母のすすめで上州・法師温泉に滞在したが、その帰途、湯田中へまわり、羽左衛門氏ゆかりの部屋に泊って、当時は行方不明だった井上留吉をしのびつつ、羽左氏の冥福を祈ったのであった。

このときの色紙も、重光氏の白扇同様に戦災で灰になってしまった。何しろ男たちが戦争に出てしまい、母、祖母と小さな弟のみで、しかも数代の東京居つきの家であるから疎開する当てもなく、三度にわたって焼け出されたのだから、ほとんど何も残らない。

○

ところで……。

その前後から、私も相場をやることをおぼえはじめた。

井上留吉は、すでに手張りの味をおぼえていたし、再従兄《はとこ》の滝口幸次郎は、もちろんさかい、かんにやっている。

そもそも、私は先ず井上から軍資金を借りてやりはじめたのだが、滝口はこのことを知るや、

「まだ早いじゃないか、仕様がねえな」

と、いった。

相場をやるといっても、ピンからキリまである。

われわれのやることだから、数日後の短期決済をひかえて、それはもう死物狂いのすさまじい決心だけれども、十六、七の少年がやる思惑だけに、スケールは至って小さなものであった。

もちろん、自分の店に知られてはならない。そこは井上や滝口の店があるから、そこを通してやる。

それでも、年齢不相応の金がころげこんで来る。

それをもとにしてやる。

うまくいったり、いかなかったりで、夢中のうちに一年たってしまった。

私は依然として取引所内の電話係に属してい、ひまさえあれば、兜町の其処彼処《そこかしこ》にある〔食べものや〕で井上と待ち合せ、協力して相場をやった。

さいわいに、私の店へは知られず、またうまく足も出さなかったが、杉一商店にいるも

う一人の再従兄、大島寛一は、長期の帳簿をつけながら、ときどき私の顔をにやりとながめやって、

「こいつ……ウフ、フフ……くせもの」

と、いう。

曲物……つまり、店では何くわぬ顔をして相場をやっていることを感づいていたらしい。

「どっちが、くせものだか……」

私も、にやりといい返した。

大島も何くわぬ顔をして、これはもう堅実一方の相場をやっている。

なんといっても、株屋につとめる者がのぞむのは取引所内へつめていての商いをする、つまり〔場立ち〕という係になることで、両手のゆびを魔法のようにあやつり、渦巻く喚声と撃柝《げきたく》と、他の店の場立ちともみ合いつつ、店の注文をさばく。

ま、もっとも華やかな存在だが、直接、商いに関係するだけに、ついつい危ない橋をもわたりかねない。

杉一をやめさせられた滝口幸次郎も〔場立ち〕をしていて、店からにらまれ、いったん帳場へもどされ、そこで足を出してしまったということなのだ。

場立ちをつとめていると、いわゆる〔下駄をはく〕というやつで、こたえられない儲け

がある。

これは……相場が烈しくゆれうごくときに、たとえば店から、

「いくらでもよいから、すぐに買え」

と、注文が来る。これを〔成行注文〕という。

場立ち……すなわち代理が手をふって、たとえば五円で買った株を、店の電話へ通そうとおもううちに、五円二十銭、三十銭……五十銭……と、あっという間に株価が上ってゆく場合、これを五円五十銭で買ったと店へは通しておき、その五十銭の差額を自分のふところへ入れてしまう。このことを「ゲタをはく」というのだ。

一株で五十銭だけれども百株の注文なら五十円で、当時の一家族の一ヵ月の生活費だ。こんな機会が、忙しいときには一日に何度もあるのだから〔場立ち〕はこたえられない。

付替屋に手数料をはらったあとの七、八割が儲けになる。

この場立ちの下に手合取りというのがついていて、商いのうごき、自店の売り買いのありさまを特殊な細長い手帳へ電光のように書きしるしてゆくのだが、これもなかなか大変な仕事であった。

「ま、もういいだろう」

というので、滝口幸次郎が、

「連れて行ってやる」

「どこへ？」

「ま、いいから来いよ」

或る土曜日の夕方。昭和通りの〔味の素ビル〕内にあったレストラン〔アラスカ〕で待ち合せた。滝口は詰襟服姿の私を見て、

「そいつじゃまずいな。隠家《アジト》で着替えて来いよ」

「どこへ行くのさ」

「吉原だ」

いわれてびっくりした。したが、それはかねて待望の一件であったから、

「よしきた!!」

騎虎《きこ》のいきおいである。

夕飯をすますと、すぐにタクシーで浅草へ行き、例の長唄師匠・松永和吉朗宅の二階へ駆けつけた。

この二階の六畳が、井上留吉と私のアジトであって、二人共用の鍵つきの手さげ金庫が一つあり、ここに二人の共有財産が入っている、ことになっていた。

部屋代は一ヵ月五円。これを、とにかく一年分はらってしまう。とにかく食べもの屋で

も何でも、勘定は少しもためないことにした。井上も私も、

「もしも、足を出したときに堅気の人たちへめいわくをかけたら大変なことになる」

と、いい合っていたものだ。これを裏返すと、

「おれたちがいま、こんなまねをしているのは正当なことではない」

ことを、互いに知っていたからであろう。このアジトに、洋服も着物も置いてある。

私はすばやく着替えをすまし、滝口が待っている千束町《せんぞくちょう》の小料理屋〔よしの〕へ取って返した。

吉原・京町の大店、例の〔角海老〕の横丁を入って右側の桜花楼（仮名）という中店へ、滝口は私を連れこんだ。

滝口なじみのこの店は、なかなかに資力があって、娼妓をあつめるのに日本全国へ手をのばし、容貌のみか気だてのよい女性をそろえているので評判の店であった。

店主夫婦も、娼妓たちのめんどうを実によく見てやるから、妓《おんな》たちがみんな品格正しい。

滝口が、よくよくたのんでくれて、私の相手をしてくれることになったのは東北の白石というところの生れで、名はせん子。

ふくふくと肥った、肌がぬけるように白い彼女は、私より十歳の年上であった。

むろん、私は童貞。こうした場合、よほどにいやな男でないかぎり、妓は悪くあつかう

箸はないし、しかも滝口が念入りにえらんだ女《ひと》であったから、私にとっては何から何まで大満足であった。

九時になると、滝口があらわれ、

「どうだ？」

「どうでもない」

「おっ母さんにいうなよ」

「いわねえ」

「もう帰れ」

「うん」

すでに私は、せん子さんが「おめでとう」と、用意しておいてくれた赤飯を蛤《はまぐり》の吸物《おつゆ》で一ぜん食べたところであった。

「幸ちゃんは帰らねえの？」

「おれは泊る」

滝口の相手は、久江という十八歳の若い妓で、これは一年後に何の理由からか、東武鉄道へ飛びこんで自殺をとげた。滝口が関係しての事件《こと》ではなかったが……。

桜花楼を出て、仲之町を大門へかかると、引手茶屋がならぶ中に、わが伯母（小森一の妻）が経営する〔一文字屋〕が見える。

伯母が丁度、初夏のなまあたたかい表口へ出て、女中に何かいいつけているところであった。

私は、あたまを抱え、一散に一文字屋の前を駆けぬけて行った。

翌日……。

日本橋の〔花むら〕で、井上留吉と落ち合ったとき、井上が、

「ジョン・フォードの駅馬車を見に行こう。おもしろそうだぜ」

「一人で行きなよ」

「え……？」

井上は、きょとんとなった。前から二人は、ようやく洋画見物の味をおぼえて、映画関係の雑誌や本をよみふけり、一時は歌舞伎がお留守になっていたほどで、井上は映画雑誌〔スタア〕の読者投稿欄へ毎号投書し、やれロレッタ・ヤングがどうだとか、ジーン・パーカーがどうだとか……とにかく、彼の好みの女優は甘ったるいのばかりで、それが井上にしては意外であったことをおぼえている。

「お前、どこへ行く？」

「家へ帰る」

「ばかいえ」

「ばかじゃねえ」

「うそつけ」

「うそじゃねえ」

「なんでその、ニタニタ笑っているんだ?」

「笑ってるかい、おれが……」

「チェ。気味のわるいやつ」

「実は、行くところがある」

「どこ?」

「桜花楼というところ」

「え……お前、吉原……?」

「うん」

「行ったの?」

「ああ」

「畜生め。なんでおれを連れて行かないんだ」

「だって滝口の幸ちゃんが、連れて行ってくれたから……それにお前、アジトに昨夜いなかったじゃねえか」

私は、井上のことだから、すでに女を知っているとおもっていたし、彼もまた自信ありげな様子を見せていたものだから、いざ、きいて見て、彼が、まだ童貞であったことを知るや、

「なんだい、だらしのねえやつ」

「お前だって昨夜じゃないか」

「一緒に行くかい」

「行かねえわけがないじゃねえか」

井上は、もう真赤になって上目づかいに私を見て、

「どうだった？」

「まだ、わからねえ」

「うそつけ」

その夜。井上はでれでれと泊ってしまったが、私に、せん子さんが、

「だめよ、お帰んなさい」

と、いう。

「はい。また来りゃいいんだものね」

「そうよ。お母さんに心配かけちゃいけないもの」

「ああ」

素直に帰った。

私が戦争に出て行くとき、母は、せん子さんに、

「正太郎がながながお世話になりまして」

と、礼に行ったものである。

別れ別れ

四十をこえた現在とちがい、そのころの、私にとっての一年の歳月の重味というものは、実に大したものであった。

十代の一年は、中年男の十年に相当するようにさえおもえる。

毎日、夜が明けるのが待ち遠しいほどに、することがしきれなかったものだ。それで何をしたのか……といえば、何事にもつまらぬことばかりで、自分の日常が〔社会〕につながっていることは何一つないのである。

けれども、このころの〔生活〕がなかったなら、いまの私が時代小説などというものを書いて、何とか暮してゆくべき〔土台〕はつちかわれなかったろうとおもう。

私と井上留吉と、長唄師匠の松永和吉朗氏との交際は、ふたりが長唄の稽古をやめてからもつづいた。

井上と私の金庫や物品、寝具などは依然として和吉朗宅へ置いてあったし、私どもは毎日ほとんど浅草・田中町の〔アジト〕へ立寄るを常とした。

こういうところは、井上も私もまだ少年らしい。隠れ家などというものをこしらえて、たのしんでいると、何か芝居の中の大泥棒でも演じているような気がするし、井上は、われわれの隠れ家を、

「おれたちのシャーウッドの森だな」

などと、いう。

当時、水谷まさる訳（冨山房版か？）になるところの〔ロビン・フッド物語〕を井上は愛読しており、この中世イギリスの伝説物語に名高い義賊・ロビン・フッド一党が隠れ住むシャーウッドの森が、よほど気に入ったらしく、

「こんど一つ、何だね、どこかの森の中へ行って、ロビン・フッドみてえに鹿の肉を焚火《たきび》で焼きながら、いっぱいやろうじゃねえか」

なぞと、いい出す始末であった。

すると、私よりも四十男の松永和吉朗氏のほうが、

「そいつはいい。森の中で野宿をして、肉を焼いてね……ふむ、そういうことを私ぁ、この年になるまでしたことがねえもの」

乗気もいいところなのだ。

で……どこへ行こうかと三人、思案をかさねたあげく、上州・四万《しま》温泉から赤沢林道を

越え、上越国境・三国峠の谷底にある法師温泉へ到着というコースがきまった。

当時、いわゆるハイキングの流行しきりであって、井上は一抱えほどのパンフレットやら案内書をあつめてきたものである。肝心な野宿は赤沢林道の森の中でやることにきまったが、

「本来ならば、森の中にいる鹿を弓矢で射殺して焼かなくちゃいけねえのだぜ」

と、井上はロビン・フッドにこだわることおびただしい。

「ばかいうな。鹿なんか出て来るか。よしんば出て来たところで、おれたちに弓がひけるかい」

「これから習えばいい」

どうだろう。まったく……。

現代の十七、八の若者にくらべて、そのころのわれわれときたら、わが母親のいい草ではないが「箸にも棒にもかからない」おっちょこちょいであったのである。

いよいよとなって、われわれはリュックサックや天幕その他の装備をととのえたが、さらに井上は物々しいジャック・ナイフやロープやら大きな双眼鏡やらを体中につけまわし、

「お前さん、アフリカへ行くつもりじゃあないのだろうね」

と、和吉朗氏をあきれさせた。

秋の土曜から日曜にかけて、われら三人はいさましく出発をし、買いこんで行った牛肉のかたまりを味噌につけこんだやつを森の中の焚火で焼いて食べたり、蚊や虫に刺されて体中が火ぶくれのようになったりで……。

「いやもう、おれは絶対に山ん中なぞへは行かねえ」

井上ロビン・フッド、いっぺんで懲りてしまったが、私はもうこれが病みつきとなって、以後は暇さえあれば関東から中部にかけての山々を歩きまわり、井上留吉や再従兄の滝口幸次郎などとは別の友人たちも兜町の中にもつようになった。

吉原でのあそびも佳境に入ってきて、とてもたまらぬところへ、芝居見物は再見、三見をふくめて月に十度は行くし、映画も二、三十本は見る。本は読みたいし、山歩きはしたいし、たまには京都や新潟へ出かけて行くというので体がいくつあっても足りたものではない。

その間には、そろそろ味をおぼえてきた手張り相場も井上と共に血眼《ちまなこ》になってやる。なにをするにもこれが根元《もと》であって、金がなくてはあそびにならないのである。

それでいて井上も私も、日曜・祭日のきめられた休日以外に店を休むようなことは、ほとんどなかった。

あそび方が烈しくて、三日に一度は永住町の私の家へ帰って来ない滝口幸次郎ですら、つとめを休んだことをあまりきかない。

吉原へは三日に一度、かならず通った。

何よりも仲之町の〔一文字屋〕の前を通るのがめんどうで、もしも伯母に見つかったら大変なことになる。

冬はよいが、夏などは開け放した店先に、伯母の姿がちらちら見える。それを横目に、袖で顔をかくしては駆けぬけたものだ。

私はもう、桜花楼一本槍で、同じ店で違う女とあそぶわけにゆかないから、したがって、わが童貞をささげた〔せん子さん〕だけを相手に足かけ三年もあそんだのだから、まじめなものであった。

「ちょいと正ちゃん。肩をもんでくれないかしら」

などといわれ「へい、へい」と金を出してあそぶ女にサービスこれつとめたもので、女から見れば、まるで子供あつかいであったのだろうが、しかし私は心身はいつもすっきりとしており、内攻する一点の翳《かげ》りもなかったといえよう。

井上留吉も滝口幸次郎も、吉原での店はいくつも替えたし、のちに滝口は芸妓あそびに転じたが、そのころの、われら〔吉原組〕は、

「芸妓をよぶなぞというのは、成りあがり者のすることだ」

という妙な信念みたいなものがあり、断じて吉原からはなれなかったし、

「おれは、滝口さんを軽蔑するよ」

なぞと、井上もいったりしたものだ。

吉原の勘定も、相場で金が入ったときに五百円、千円とせん子にわたしておき、すべては彼女がうまくはからってくれたものだが、当時の千円といえば小さな家が一軒建てられたものである。

そのくせ、私は母にわたす金が毎月、店からもらう月給の十五円のみ。

それも、いまになって老母にきき、ただしてみると、

「とんでもない、一文《もん》も入れたことはないよ」

と、いう。

そのころの相場の〔金〕というものは、金であって金ではない。月なみないい方だが汗水ながして稼いだ金だけが本当の金なのであろうが……しかしまた昭和四十三年のいま、この価値観念も別の意味で怪しいものになってきたことは、日本国民いずれもがみとめるところだ。

松永和吉朗氏は、まことにふしぎな人物で、四十になっても独身だし、

「一度、行ってみるかね」

井上と私を深川・福住町《ふくずみちょう》の〔仕舞屋《しもたや》〕でひらかれている賭場へつれていってくれた。ここは深川の親分で〔伊豆清〕という人のものであったが、気分よくあそばせてくれて、いささかも危険のない賭場だと、和吉朗氏はいった。

商売柄、井上も私もいろいろな〔賭事〕は一通りやったが、中でも花札《はな》や麻雀は、もっとも性に合わない。だらだらと長ったらしく勝ち負けをあらそうのがめんどうで、井上も、

「伊豆清の賭場へ行こう」

しきりにいう。

出かけて行って、勝っても負けても一時間ほどで、さっさと引きあげて来るのだが、一度も文句をいわれたことはない。

この賭場で知合いになった老人で与田さんというのがいた。六十がらみの福々しい顔だちの、いかにも大店の隠居といった風格なのだが、和吉朗氏にいわせると、

「与田さんは功なり名とげた大泥棒だ」

なのだそうだ。

いまの私の小説に、ときどき顔を見せる大泥棒たちの中に、与田さんのおもかげが濃く匂い出ている。

この与田さんが、

「こんなところへはまりこんじゃあいけませんよ」

と、顔を合わせるたびに私へいう。

桜花楼のせん子も、

「絶対にいけない」

と叱るし、半年ほどで私は遠のいたが、井上はずいぶんと出かけたらしい。

そのころ……。

私は何者とも知れぬ男に刃物で刺されたことがある。

晩春の、なまあたたかい夜ふけで、私と井上と和吉朗氏と、おそろいの薩摩絣《さつまがすり》を着て、千束町を歩いていたときのことであったが……。

うしろから、ぱたぱたと来たやつが、まるで、のめりこむようにして刃物で突いて来た。どんな刃物だったか……その切先が、私の太股のうしろ側を刺したのである。

そのときの感じは痛くもなんともないのだが、実に妙な、気色のわるい、全身がかあっと熱くなったようでいて、体中のちからがぬけてしまい、私は両手をついて倒れてしまった。

私を刺した男は、もう鉄砲玉のように駆け去ってしまい、和吉朗氏が舌うちを鳴らしつつ、私を助けおこし、

「私と間違えたんだよ、畜生」

と、いったものである。

和吉朗宅で傷口をしらべて見ると大したことではない。ヨード・ホルムをふりかけて手当をすると、びっこをひきながらも歩ける程度のものであった。

「野郎、あわてやがって……」

いつもはおとなしい和吉朗氏が口汚《くちぎた》なくののしった。

その男は始めから逆上しており、間合いもはかれずに刃物をふるったものだから、私の背中を刺したつもりが空間を突きまくったため、足もとがよろめいてつんのめり、辛うじてその刃先を私の太股へ当てたのだ……と、和吉朗氏はいう。

なんにしても、まことに危険千万。ちょいと間ちがえば、私もいま、こうして生きてはいられなかったろう。

「畜生め。なんてえことを……」

和吉朗氏は懸命に、私の傷の手当をしながら、しきりに、

「親からもらった大切な体を、こんなにしてしまって申しわけない」

「お師匠《しょ》さんに、こころあたりがあるの？」

「む……ま、きかないでくれないか」

「そう……」

「交番へとどけるつもりかい？」

「お師匠さんがいやなら、とどけませんよ」

「そうしておくれか？」

「よござんすよ」

と、これっきりになった。

そのときの小さな傷痕、いま見るとかすかにのこっている。

以後、松永和吉朗氏は、

「私のために、大へんな目に合わせてしまった」

というので、私には実によくしてくれたものである。

事情あってここには記しがたいが、和吉朗氏には筆舌につくしがたい恩恵を、私は後にうけたのである。

○

このころから、どうも私は蓁ちゃんの井上留吉と一緒に行動するのに厭気《いやけ》がさしてきはじめた。

別に井上の人間がどうの、というのではないのだけれども……。

たとえば、だ。

和吉朗氏もふくめて、われわれは、薩摩や久留米の、こまかい絣が大好きで、よくおそろいで新調した。私も和吉朗氏も、これを対《つい》に着て、きちんと角帯をしめる。

ところが井上は、着物はおそろいの絣なのだが、これに鉄無地の羽織を着て白の博多帯。しかも内ひものついた黒斜子《ななこ》の前かけをしめた上、のめりの下駄をはくのである。

どこでおぼえてきたのか十八の若い者の、得体の知れない気障《きざ》っぽさだものだから、

「おいおい、留ちゃん、そりゃお前、おかしいよ」

と、和吉朗氏がいくら注意をしても断然きかない。

とにかく、一緒に歩いていて、こっちが気恥ずかしくなってしまうのだ。

ちょうど相場でも当っていたし、井上はもう天下を取ったつもりになり、鼻息すこぶる荒いのである。

さいわいに私も井上も、面がまえが面がまえであるから、十歳は老けてみられたものだ。

当時、未成年者の喫煙など、巡査に見つけられるとその場で交番へ引張って行かれたものだが、私などは、どんな場所で巡査に出合っても、くわえ煙草を只の一度もとがめられたことはない。

そういうわけで、一時が万事、井上のすることが気障《きざわ》りになり、私も別の友人たち（たとえば山歩きをするとか、音楽をききに行くとか……）との交際が多くなり、

「なんでえ、おもしろくもねえ」

井上留吉、きげんがわるい。

私もずけずけいうほうだし、会えば喧嘩になったものだ。

何カ月ぶりかで会い、ジョン・フォード監督の〔俺は善人だ〕という映画を二人で見物したとき、主演のエドワード・G・ロビンスンのことを、

「おれは、お前が映画に出ているのかとおもったよ」

と、いったら、井上は憤然として、

「なにを!!　おれはロビンスンなんかに似てはいねえ、ふざけるな」

激怒した。

浅草六区の人ごみの中だし、

「やるんなら、別の日にやろう」

私がいうと、井上も承知した。

まともにやったのでは、とても井上にかなわぬとおもい、

「どうだ、明日の夜の九時に、兜橋のらんかんの両側からお前とおれとが、ぱっぱっと駆

け寄って、そのらんかんの上でやろうじゃねえか」

「いいとも」

兜橋というのは、私の店の裏をながれる川にかかっている。

その鉄の欄干の両側から、素足になった私と井上が、

「一、二、三」

かけ声と共に駆けわたり、組みついてぽかぽかとなぐりあったが、幅十五センチのらんかん上から、まっさかさまに川へ落ちこみ、泳ぎの出来ぬ私は、井上に救いあげられ、三菱倉庫の石垣へ這《は》いあがった。

「ざまあ見やがれ。ろくに欄干もわたれねえくせに」

と、井上がいうので、私は、

「ばかいえ。こんならんかん、朴歯《ほおば》の下駄でわたって見せる」

「じゃあやるか、やって見せろよ、おい」

「やるとも」

「みんなの前でやれるか、やれねえだろう」

「ばかいえ」

「うそつけ」

「うそはつかねえ」

そこで数日後……。

私は、日中に、しかも取引所の後場《ごば》がひけたばかりの人出ざかりのときに、またも兜橋のらんかんを一人でわたった。茅場町の下駄屋で買った一本歯の下駄をはき、店の屋号がついた傘をさして、であったという。

ところが、私自身このことを全く忘れてしまってい、戦後、再会した井上や兜町のむかしの仲間から、

「あのときは、君がわたり切るか切らないかというんで、みんな賭けたものさ。ひでえやつは五百円もせしめたやつがいた」

などときかされ、やっと、おぼろげながら思い出せたのである。

このときも、らんかんをわたり切れず、私はまたも川へ落ちこみ、

「それをさ、川すじを通りかかった荷舟に助けあげられたんだ。その君を、われわれが銭湯へかつぎこんで、水を吐かせるやら、体を洗うやら……」

であったと、むかしの仲間がいう。

そうこうするうちにも、支那事変（日中戦争）の様相は、いよいよ只ならぬものになってくるし、あまりに分不相応なまねをするのに気がひけてくるようになった。

そのうちに、松永和吉朗氏へ召集令状がきたものである。

いかに、もとは陸軍・軍曹だといっても、

「この年になって、また兵隊になろうとはおもってもみなかった。私なぞが引っ張られるようじゃあ、日本陸軍もおしまいだね」

と和吉朗氏は苦笑した。

まだ、アメリカを相手にどうのという段階ではなかったけれども、事態は中国と日本だけの間で解決されそうにもない予感がしてきたし、井上にしろ私にしろ、二、三年後にせまっている兵役をすませてからでないと、本当の自分の人生というものがないような気がしてきはじめた。

滝口幸次郎にも、いつ召集が来るか知れたものではないので、この私の再従兄《はとこ》は、おびえていた。

「なんとか、体をきたえておかねえと……おれなぞは一ぺんにやられちまう」

と、いいながらも、このころの彼は芳町《よしちょう》の花柳界へ入りびたりになってい、賭事と酒色におぼれつくしている。

和吉朗氏の弟子の中には、浅草の芸妓たちもかなりいたし、井上の両親や親類、弟子たちをふくめての送別会が浅草の一直《いちなお》でひらかれたが、その宴が終ってのち、和吉朗氏は千

東町の〔よしの〕へ、井上と私をつれて行き、

「このごろはお前さんたち、あまり仲がよくないようだが、そりゃあいけない」

井上が、

「冗談じゃねえ。波さんのほうでおれを見捨てたんだ」

「見捨てたわけじゃない。お前が少し……」

「少し……なんだ？」

「やることが鼻もちならねえもの」

「おれの？……そうかな」

とにかく、久しぶりで井上ともうちとけ、和吉朗氏もよろこんで静岡の連隊へ出発して行った。

田中町の和吉朗氏の家は井上留吉が引きつぎ、彼は十九歳で一家の主となって、五十婆さんの女中までおいて暮しはじめた。

井上はもう吉原へは足ぶみもせず、滝口と一緒に芸者あそびをはじめて札片《さつびら》をきりはじめたものだから、いったん仲直りはしたものの、どうにも私はついてゆけない。

これより先……。

私のところ、同じ永住町ながら、新しい二階建の少しはましな家へ引越していい、家を出

ていた敏郎叔父も帰って来て、そろそろ結婚をしようという……。

そこへ、ついに滝口幸次郎へ召集令状が来た。

滝口と私の間には、相場関係のことで、いろいろ解決せねばならぬこともあり、滝口の初恋の女との問題もむずかしくこじれていたので、滝口が入隊するまでの短い日々のいそがしさというものはなかった。さすがに私も二日ほど店を休んでしまった。

開戦前後

再従兄《はとこ》の滝口幸次郎が応召出征のときに、私はまた、二本榎《にほんえのき》の長谷川伸邸へ出かけている。

当時、出征兵士のだれもが身につけていった国旗……その日の丸の旗へは〔祈武運長久〕の五文字をしたためるわけだが、この文字を敏郎叔父が恩師たる長谷川先生に書いていただき、これを私が受け取りに行ったのである。

このときは、奥さまだけにお目にかかり、国旗をいただいて帰って来た。

さて……。

いよいよ滝口は、世田谷の連隊に入営したわけだが、しばらくして面会をゆるされたので、私が母と共に出かけて行くと、たくましい兵隊の汗くさい肉体が躍動している兵営の向うから、すんなりと細く、たよりない滝口が、なさけなさそうに軍服を着て、よろめくがごとくにあらわれた。

面会中に、滝口が私を凝視し、

「おい、正べえ」

「なに？」

「お前なあ、毎朝、観音さま（浅草）まで駆足しとけよ、いまのうちから……」

「どうして？」

すると滝口は、こっちの胸の底まで沁みとおるような声で、

「兵隊は、つらいぞ」

と、いった。

そのときの切実な声、表情を私はいまもって、まざまざと想起することができる。

これは、そのころの兜町の者なればこその〔切実〕さなので、滝口も、それまでの私の生活の裏側を熟知していたからこそ、こうした忠告をしてくれたのだ。

先ず、そのころの私の生活ぶりは……と、ここまでは書けても、あとは恥のみ多くて実録では記すことができない。

滝口幸次郎は、

「てめえの女あそびのことはむろんのこと、いまおれたちがしていることを自慢たらしく、ほかへもらすものじゃあねえ」

というのが信念であって、私も、いま少し年齢《とし》をとれば書けるようになるかも知れぬが、

実のところ、そのころの体験なり何なりは、自分の書く小説の中へ思いきってもりこめることは出来ても、ちょいと、この稿へは書き切れぬところがある。

また、ふしぎに……。

兜町から出征して行ったものは、戦死ではなく、戦病死が多かったようにおぼえている。みなぎるような〔若さ〕のすべてが、酒と女と賭事に吸いとられ、ぜいたく三昧になれきってしまい、ただもう真の金でない〔金〕なくしては、一日も生きられぬという感覚……だから、兵隊にとられて猛烈な肉体訓練と檻《おり》の中のけだもの同様の団体生活へ突きこまれると、たちまちに精気がおとろえ、それはまた、すぐさま肉体の衰弱へつながることになるのであろう。

滝口幸次郎も、その例に洩れず、入隊して支那大陸へわたるや否や肺患にかかり、内地へもどされ、これがついに彼のいのちとりとなってしまった。

それは、まだ後のことになるが、兵営での滝口のことばに私も大いに感ずるところがあり、毎朝の駆足こそやらなかったが、取引所の六階にもうけられていた道場へ通い、剣術をまなぶことにした。

いまも、この取引所の道場は残っているそうであるが、兜町の若者の中にも、柔・剣道を好む者もかなりいて、ここだけは兜町の中に気合声がひびきわたり、ちょっと場違いな環境であった。

「ばかだな、そんなものをやらかしてどうなるんだ」

と、井上留吉はせせら笑ったが、私は稽古にはげんだ。

のち、海軍にとられて、水泳や相撲、またはカッター競技などには手も足も出なかった私だが、銃剣術と行軍にはおくれをとらずにすんだものである。

山歩きにも精を出しはじめた。

私同様、出征にそなえて自分の体をきたえようという友達もふえたし、こうした友達の中には、武州・高尾山の峰つづきの陣馬山《じんばさん》の山小屋から、毎朝、兜町へ出勤するという〔つわもの〕もあらわれはじめた。

もっとも、山のぼりをするという理由が出来、母も安心して外泊をゆるすようになったので、吉原・桜花楼通いも泊りがけになることしばしばで、こうなるとまた山登りの服装を着替えるため、井上留吉宅が必要になったことはいうをまたない。

井上はもう芳町の花柳界へ入りびたりで、

「波さんはもう、はなしにならねえよ」

と、私とのつきあいをあきらめている様子だ。

そのころのことで、こんなことをおぼえている。

或る夜。私が井上宅で着替えをしていると、めずらしく早く帰った井上が、

「へっ。まだ桜花楼のせん子とくっついていやがるのか、あきれたよ」

と、毒づいたので私もおさまらず、いきなりぽかりとやると、井上、意外にも怒らず、にやにやしながら、

「おい、女中《ばあさん》。あれを波さんにやっとくれ」

と、いう。

女中が下谷・御成道《おなりみち》の〔うさぎや〕のどら焼の箱を出して来て、

「四時間も行列して、やっと買えたんでございますよ。お菓子をいただくのも楽じゃございませんねえ」

すると井上が、

「うさぎやだよ。せん子に持って行ってやりなよ」

悪意でなくいったので、私も気もちよく、これをもらって出かけたが、そのとき、

（ああ、もう……兜町にいても仕様がないな）

つくづくと思ったことを忘れない。

そうこうするうち……。

昭和十六年十二月八日の朝が来た。

この日は、いまだにおぼえているが月曜日で、私は日曜の夜から吉原へ泊りこみ、何だか店へ出る気がしなくなり、桜花楼からまっすぐに上野へ出て、池の端にあった知合いの料理やで朝飯をすませ、上野博物館へぶらりと出かけたものだ。見物して永住町の家へもどったとたんに、ラジオのニュースが、日本の米英宣戦布告を報じているのが耳へ入った。

「やったか!!」

叫びつつ、階下の茶の間へ駆けこむと、祖母がひとりいて、

「戦争かえ」

と、泰然《たいぜん》たるものだ。

兜町のものである以上、すぐにも店へ飛んで行くなり、自分の手張りに血眼となるなりするのが当然であったが、私はもう、この瞬間、すべてを忘れてしまっていた。お国のために、なぞというわけではない。しかし、こうなった以上は必然、近いうちに戦場へ出て行かねばならぬ自分なのだから、金も女も酒も……すべては〔おしまい〕なのである。

外へ出たが、店へ行ったわけではない。

どこへ行ったかというと、八重洲口にあったレストランの〔二葉〕へ行き、カキフライでビールを二本のみ、カレー・ライスを食べたことを、はっきりとおぼえている。それから銀座へ出て、松竹映画〔元禄忠臣蔵〕を見物した。故・溝口健二監督、前進座一党出演

による真山青果《せいか》原作の映画化で大入り満員だったが、東京の街は開戦の興奮もなく、嘘のようにしずかなものであった。

夕方近く、ようやく兜町へ行き、自分の店へは出ず、井上の店へ行くと、

「お前は、どこで何をしていたんだ、ばかやろ」

井上は、よろこびに血相を変えている。

それはそうだろう。

私と井上の共有の株は、いずれも大暴騰で、

「こうなったら、仲之町の芸者を総あげだ」

なぞと、井上は気障《きざ》な大気焔をあげた。

「留ちゃん」

「なんだ、なんだ?」

「おれはもう、兜町を出るよ」

「うそつけ」

「うそはつかねえ」

「ばかやろ」

「おれの持株の始末は、すべてお前にまかせる」

「ばかやろ、ばかやろ」

「じゃ、たのむよ」

「ばかやろ、ばかやろ」

　と、井上は泣きそうな顔つきになり、

「どこへ行く、どこへ行く？」

「どこへ行くってお前、きまってるじゃあねえか。お前もおれも再来年《さらいねん》には戦争に行くんだよ」

「ばかやろ、再来年になったら行けばいいじゃねえか。兵隊検査も終らねえうちに、つまらねえ考えをおこすな」

「いや、やめる」

「だから、やめてどうするんだよう」

「少しその、辛いことになれておかなくちゃあ、な……」

「お前というやつは……」

　と、井上は地団太《じだんだ》をふみ、

「こんなときにもうけなくてどうするんだ。いまから戦争のことを考えるなんて……お前は実に、まったく実に、そういうお先っ走りなんだから……」

たしかに、私にはこうしたところがある。四十をこえたいま、正月をすぎるやいなや、たちまちに来年の年賀状をあつらえてしまうというようなところがある。この稿を書いているのは四月十八日だが、一ヵ月前に来年の賀状が印刷屋からとどいているのだ。家人は「あなたがもし、今年死んでしまったら、刷り直さなくてはならないじゃありませんか」と、いうのだが。

○

徴兵はともかく、それより先に〔徴用令〕が来るにきまっている。戦争に〔不用〕な職場から〔必要〕な職場へ、国家が人を移動させるのだ。

すでに兜町からも、諸方の軍需工場へ徴用される者が続出しはじめていた。

ここでも私は、井上のいう「お先っ走り」のかたちで、翌年になると、われからすすんで〔国民勤労訓練所〕というのへ飛びこんでしまった。

現・西武線の小平《こだいら》駅に近い原野を切りひらいて木造の宿舎を建て、政府が、ここへ希望者と、さらに徴用された人たちを各会社が〔訓練〕のために送りこんで来る。

ま、兵営の生活と、満州開発の内原《うちはら》訓練所とを一つにしたようなもので、入所期間は二カ月。ここできたえておいて各軍需工場へ配置するというわけであった。

朝は五時起床。いきなり〔みそぎ〕と称して近くの川で水浴びをやらされたのには、

(こいつは、たまらない)

私も仰天した。

だが、ここへいったん入ったら、もう強制徴用も同然で、やめるわけにはゆかない。

兜町から来たのは私ひとりだが、日本橋の呉服屋の若旦那だとか、すしやの息子だとか、踊りの師匠だとか、へなへなひょろひょろの男たちが心細げに共同生活をはじめたのだ。

つらいにはちがいなかったけれども、満州帰りの壮年の寮長みずから率先して指導にあたり、清澄な空気とおいしい食事をあたえられ、一日中、肉体労働にはげむのも、次第におもしろくなってきた。

往復二里の駆足にへたばってしまい、呉服屋の若旦那が泡をふいて引っくり返ったのを、すしやのせがれと踊りの師匠が、これもぜいぜいと息をみだしつつ、助けおこし、

「吉野屋の若旦那。大丈夫、死んでませんよ。死んでませんよ」

「もうだめです。私を置いてって……」

「私はこれでも、おけいこで足腰きたえてあるけれど、若旦那は反物よりほかに重いものを持ったことのないひとなんだもの、むりはありませんよ」

などとやっている風景を、私は訓練所にいるうち〔駆足〕という作文に書いた。

これを、出所して間もなく、おもしろ半分に婦人画報の〔朗読文学〕の募集へ投稿すると、入選はしなかったが佳作五篇の中へ採られた。

（へへえ……）

と、ますますおもしろくなり、次いで〔雪〕というのを書いた。

これは、桜田門外へさしかかる井伊大老を襲撃せんとする水戸浪士にまじって只一人、薩摩藩から参加した有村次左衛門《ありむらじざえもん》を書いたもので、雪の濠端《ほりばた》にたたずみ、大老の駕籠がさしかかるのを待つ有村の数分間の心境を……ま、書いたつもりなんだが、これも佳作へ入った。おそらくこれが、私の時代小説の処女作ということになるのだろう。

（へへえ……）

またも、おもしろくなり、さらに〔兄の帰還〕というのを書いて出したら、今度は入選した。

この五枚の小篇がのった〔婦人画報〕も、むろん戦災で焼失したところ、近年、知人が持っていたのをくれたので、いま私の手もとにある。

「さわやかな夕風が、りょうりょうと吹いて、庭のコスモスのゆらめいているのが、いかにも可憐に見える……」というのが書出し。私も若かった。

選者の一人、NHK前文芸部長・吉川義雄氏の評に「よくまとまっている。傑《すぐ》れている。

戦時下の平凡な出来事だが、涙ぐましいものが些細な情景の中に躍動している」とあって、さあもう、私はうれしくてうれしくて、このときもらった賞金百円（五十円？）を何と神棚へあげて柏手をうったものだから、母も祖母も、

（気が狂った……）

と、思ったそうな。

この賞金は、母に全部あげた。

すでに私は、芝浦の〔萱場《かやば》製作所〕へ徴用工員として入所してい、もう金などをつかうひまもないほど追いまくられていた。

月に二度ほど、桜花楼をたずねたが、吉原も火の消えたようだ。

そのころ……東京会館のプルニエへ行くと、食事そのものは、もう得体の知れぬ料理が出ていたが、デザートのケーキがむかしのままのすばらしさで、或る夜のこと、女給仕（ボーイの大半は徴用）にたのんでケーキを二つ特別にわけてもらい、一つずつ、母とせん子に持ってゆき、大いによろこばれたことがある。

工場での徹夜明けには、帰宅してひとねむりし、それから、まだ子供だった弟をつれて、よくプルニエへ出かけた。

いまだに弟は、

「あのときのケーキの味は、いまもって忘れません」

という。ろくな食べ物も無くなってしまった当時、よほどにおいしかったのであろう。

ところで……。

訓練所を出た私が、さしむけられた萱場製作所へ出頭すると、工場長が面接し、私の履歴書を一読するや、

「兜町のものに機械工はつとまらないよ」

いきなりいった。

戦前の日本では〔兜町の人間〕といえば〔ろくでなし〕の代名詞のようなものであった。

萱場製作所は、航空機の油圧計器を主とした精密部品を受けもってい、だから私も、事務所でペンや算盤をもってはたらくより、直接に飛行機をつくる部門へ行きたいと考え、機械工をのぞんだのだ。

「どうして兜町のものに機械工がつとまらないんです」

と、私は工場長へ喰ってかかった。

この工場長は、肺患をおして出勤し、おもい責任を負っていたわけだが、小柄で、知性的な中年の人物。

「そりゃ君、つづかないよ。いままでの例でも、みんなダメだ。だらしのない暮しをして

いた者に、つづくはずがない」

「つとまるか、つとまらないか、ためしても見ないくせに……」

ずけりというと、工場長、顔をしかめたが、

「じゃ、やって見給え。しかし、もしつとまらなかったらどうする？」

「徴用を解除してくれてもいいです」

「ばかいい給え」

「ま、よござんす。つとまらなかったら腹を切りましょう」

と、井上もどきにやったものだが、いざ工場へ入って見るや、

（こいつは早まった。とてもおれにはつとまらない……）

がっくりときた。

先ず、ひろい工場内にたちこめている機械の騒音に圧倒された。というのも、私は子供のころから手先が不器用をきわめてい、電気のヒューズ一つさえいじれないという……。

（そんなおれに機械がいじれるのか……？）

その劣等感は、さらにたくましい工員たちの発散する汗とあぶらの匂いに押しつぶされ、

（しまった……）

心細げに茫然と立ちすくんでいる私のか細い体を、工員たちは一様に奇異の眼《まな》ざしをも

って迎えた。

そこへ、

「お前さんかい、新入りさんは？」

と、あらわれた三十男を見て、私は思わず「留ちゃん……」と、叫ぼうとした。まさに蟇と異名をとった井上留吉そっくりの風貌で、この人の名を水島平一郎という。この第二工場の役付き、すなわち〔伍長〕という職務をつとめ、組下に数名の工員を管理している人物であった。

私は、のちに、この水島伍長をモデルにして〔キリンと蟇〕という小説を書いた。習作時代の短篇だが、これが発表されたとき、新田次郎氏が「これはいい。この線で行きなさい、実にいい」と、ほめてくれたことがある。

この短篇のぬきがきをさせていただこう。

……まっ白な木綿の伍長の制服が、この男の不恰好な肉体を、まるで皮膚のようにおおっていた。水島伍長は、広い窓際にある四尺の小型旋盤の前に彼を立たせて、こういった。

「これが、お前さんのバンコだ」

「バ、バンコ？」

「機械ということさ」と、伍長は亮助《りょうすけ》の肩へぶら下るように手をかけて話しはじめた。

ぱくりぱくりと開閉する厚く大きい唇の間から、歯が白く光った。

「この機械にはねえ、いのちがあるのだよ、おれたちと同じにね。こいつを忘れてもらっちゃあ困る。おまけにさ、このバンコは新品でね、こいつをうごかすのはお前さんが初めてだ。つまりさ、お前さんのところへ嫁入りをしたばかりの可愛い奴なんだ。ねえ、旋子《せんこ》ちゃん……」

と、伍長が猫なで声で旋盤機械にはなしかけたのには、さすがの亮助もおどろいた。

（こいつ、どうかしてやがる）

（中略）尚も伍長は語りつづける。

「お前さんねえ、機械の掃除は女の化粧と同じだよ。女というものは化粧が上らねえうちは一日の仕事をはじめねえものだし、それでこそ女だもんね。機械だって掃除がきちんとしてねえと、ふくれっ面をしやがるのだ。お前さん、にやにやと、おれを小馬鹿にしたような笑いをうかべているけれどね……ま、やってごらん。こいつを、てめえの女のように可愛がってやらねえと、カンシャクをたてて、お前さんの腕へ嚙みつくよ。お前さんの指の二本や三本、たちまちに嚙み切られるからね。忘れないでちょうだいよ」

と、これがまあ、水島伍長と私の初対面の情景であって、以後、私は伍長の奇妙な擬人法による指導をうけながら、何とか一人前の機械工になってゆくわけだが、この旋盤工としての生活が、後年の私の劇作や小説の〔構成基盤〕となるのである。このときの体験がなかったなら、到底、私は脚本や小説が書けるようになれなかったろう。

応召前夜

旋盤機械工となってから、私は私の、箸にも棒にもかからぬ不器用さに、われながらあきれはてたものである。

私は、もっとも簡単な［パッキング］の工程をおぼえこむのに三ヵ月もかかった。一緒に入所した若者たちが十日ほどで卒業してしまう工程なのである。鉄やジュラルミンの材料を機械へすえつけ、これを図面通りの寸法に輪切りにして、外側や内側にネジを切りこむ。これだけのことが、どうしても出来ない。

（こんなことも、おれにはできなかったのか……）

絶望し、悲観して、私は萱場製作所をやめようかとおもったが、そうはいかない。やめれば憲兵に引張られる。すでに私の身へは国家が徴用令をかけてしまっているのだ。

同僚たちの進歩ぶりにくらべると、口惜しいにもなさけないにも、出勤するにたえず、何度も欠勤をした。

「ほら見なさい。兜町のものではつづかないと、私がいった通りになった」

と、このころの私を見て工場長がいったそうだ。これは工場長自身の口から後にきいたことである。

ところが……。

私が属する組の伍長・水島平一郎だけは、

「こんな教え方をしてやるのは、お前さんだけなんだよ」

欠勤しても厭な顔をせず、少しも倦《う》むことなく、私の手をとって指導してくれる。

今もって、あのときの水島伍長が、私のどこを気に入ってくれたのか、ふしぎでならない。

水島伍長は小学校四年のときに、

「家が貧乏で奉公に出されて、それからずっと旋盤いじってるよ。これでも、ま、徴用受ける前まではさ、深川でちっちゃい工場の御主人さまだったんだがね」

と、洩らしてくれた。

先ず、製作する品物の青写真の図面がわたされる。水島伍長は、この図面の見方と機械の性能との関係について、ゆっくりと丹念に、例の擬人法をもって解説し、私にのみこませようとする。

弁説にあぶらがのってくるや、この擬人法は、もっぱら女体の各部分の引用によっておこなわれるのには、さすがの私も閉口してしまった。

女の肉体のさまざまな箇処を、機械の操作と作業の進行状態にあてはめつつ、つばを飛ばし、身ぶり手ぶりへ異常な熱をこめてかたる水島伍長の横顔を、私はあきれ顔で見まもりつつ……しかしなにか、伍長の弁説をきいているうち、妙にその、工作機械の中で最も重要な位置をしめるといわれる旋盤機が急になまなましい〔生きもの〕に見えてきたことは事実であった。

仕事が終るや、水島伍長が、

「ほら、機械を湯に入れて晩めしをおやり」

と、こういう。

機械の掃除をていねいにし、油をたっぷりとさしてやれ、ということなのだ。

自分の不器用に腹をたて、

「この野郎！」

くやしまぎれに機械を蹴飛ばすと、伍長が、

「この野郎というだけ、お前さんはましだよ。機械《こいつ》を人間あつかいにしている」

「いや、別に……」

「なあに、てめえの可愛い女を蹴飛ばすこともあるさ」

もう、はなしにも何もなったものではない。

そのうちに……だんだんとわかってきた。

精密な航空機の部品をつくるためには、何よりも図面を受けとったときの検討と製作計画に一点のあやまりがあってもならないということだった。

大小の、まるい材料を複雑きわまる形態につくり、2センチの穴中の直径1センチの軸にネジを切り、しかも穴の裏側にもネジ山を切るなどという、製品の工程順序には少しの狂いがあってもならない。

こちらの怠惰な図面の見かたがあっても、安易な製作プランがあっても、完全な製品は出来あがらないのだ。これはもう、てきめんに機械が自分を操作する人間のこころを反映してくるわけで、おそろしいほどであった。

ともあれ……。

私は旋盤工になってはじめて、ものをつくり出すという経験をしたのである。

これは、兜町での生活にはないものだったのである。

このとき、一つ一つ、こまかい航空機の部品をつくってゆくたび、その体験が知らず知らず、後の私の戯曲なり小説なりの構成についての考え方の基盤となっていったようにおもう。

私の大先輩である劇作家の北条秀司氏が、いつであったか、

「ぼくは長年、サラリーマン生活をしてきたけれども、その間に学ばざるを得なかった経理事務への体験が、いまのぼくの戯曲構成の基盤《もと》になっているのだ」

こういわれた。

私にはこの言葉、実によくわかるような気持がする。

いつか、私の手先・ゆび先が豁然《かつぜん》としてうごくようになってきた。

一年もすると、四尺旋盤では、だれにも負けぬようになった。

「よくまあ、つづいたねえ」

工場長がほめてくれたのはこのときであった。

それほどに、兜町の人間というものは世の中の信用がなかったらしい。私の母だって、毎朝五時に起きて芝浦の工場へ通う私を「よくつづくものだ」と、くびをひねっていたようである。

工場長と水島伍長の推薦により、私は〔請負《うけおい》〕になった。

これは月給ではなく、自分ひとりのはたらきによる歩合計算によって収入を得ることで、請負になって半年もすると、私は月収二百円ほどは稼ぐようになった。

なにしろ戦争中のことであるから、機械工の収入は悪くない。

しかし、私はもう毎日、会社へ出て行くのが、たのしくてたのしくてたまらなかったものだ。

三日に一度は徹夜作業で、その徹夜あけの日が私の〔休日〕である。朝、工場から帰宅し、家の風呂場で汗とあぶらを洗いながすや一睡もせずに私は家を飛び出して行く。

桜花楼のせん子に会うのも、この日だし、敬愛する十五代目・羽左衛門の舞台や、新国劇の見物をするのも、この日であった。

文学座の〔富島松五郎伝〕を見物し、客演の故・丸山定夫演ずる無法松のすばらしさに感動をし、その夜ふけから山の友達と武州の陣馬山へ夜道をかけてのぼり、まだ暗いうちに山を下って会社へ出たこともある。とにかく元気いっぱい、疲れることを知らなかった。

ただもう旋盤機へ向うのがうれしく、たのしく、むしろ私は苛烈になって行く戦況すら忘れていたといってよい。

「もっとお金になるから、大型旋盤の組へ移ったらどう？」

と、水島伍長はすすめてくれたが、私は承知しなかった。

水島伍長の組でいつまでもはたらきたかったし、もっともっと四尺〔小型〕旋盤の〔神秘〕をきわめてみたかった。

だが、そのうちに……。

「岐阜県の太田へ出張を命ず」

と、会社命令が出た。

太田に近い木曽川の河原へ会社が新しい工場を建て、近辺の人びとを徴用し、生産を拡充しようという……いま一つには、東京が空爆を受けたときの用意に、設備の一部を岐阜へうつしておこうとの計画であったろう。

私を佐藤工場長が呼び、

「むろん、君は従来通り請負でやってもらうわけだが、もう一つ、岐阜で徴用した人たちに小型旋盤を教えてもらいたいんだ。どうかね、自分の仕事のほかに他人を教えるわけだから、当然、収入は減ることになるが……」

こういわれては引きうけぬわけにはゆかない。

引きうけなければ、どんな理由をつけても、結局は収入が減るのを不満におもっていると思われるからだ。

いまや、私も金には興味がまったくなくなっていた。

金があってもつかう道がなく、つかう暇がないではないか。

吉原のせん子いわく。

「まだ三年分ぐらいは、正ちゃんの遊ぶお金、あずかってるわよ」

○

東京をはなれる只一つのこころのこりは、毎月の芝居を見られなくなることであった。羽左氏も、菊五郎（六代目）も吉右衛門も幸四郎（先代）も〔戦時〕の緊張した生活感覚に影響されてか、出すもの演《や》るものの一つ一つに真剣な気魄がこもるようになり、物資が極端な不足状態へすすむのと反対に、すばらしい舞台を展開しつつあった。

菊吉合同による〔菅原〕の車引や伝授場や寺子屋。

幸四郎の〔義経千本桜〕における知盛。

羽左衛門の〔布引滝〕の実盛や菊五郎の〔先代萩〕の仁木など、いずれも異常なまでにすばらしく、ことに羽左氏の実盛など、花道へ出て来ると背中から後光がさすような〔はなやかさ〕にあふれていたものである。

と、このようなことを書いていたら切りがあるまい。

美濃の太田へ到着した、われら萱場製作所員は太田の町の中の数カ所へ分宿して仕事をはじめることになった。

工場もまだ完成していないところへ、送られて来た機械をすえつけ、徴用工員たちを教える。

まさかに水島伍長直伝の擬人法をつかったわけではないが、私の旋盤の教え方は、なかなかうまかったそうである。

ここでは、まだ設備がととのわぬから徹夜することもなく、おかげで私は余暇を利用し、岐阜を中心にした一帯から名古屋、飛騨の高山まで見物することが出来た。

東京の井上留吉から、久しぶりで手紙がとどいたのも、このころで、

「……ついに徴用されてしまった。どこへ行くかわからない。まったくこころぼそくてこころぼそくて、涙が出て仕方がない」

なぞという、井上に似つかわしからぬ手紙なのである。後便にて、とあったが、どこへ徴用をされたものか、……間もなく正月休みで帰京した私が向島の井上宅をたずねると、ここもからっぽ。

つい先頃、井上の父親が病死したので、母親が末の女の子を連れ、なんでも信州・上田の実家へ帰ったという。

そのとき聞いた上田の住所へ、二、三度、手紙を出したが、ついに返事が来なかった。

それで井上留吉の消息は、以後二十余年の間、私には不明のものとなったのである。

十何年かぶりで、父の富治郎と再会したのも其の頃である。

父も例にもれず徴用され、名古屋の大同製鋼で事務をとっていたらしい。父が母へ手紙

を書き近況を知らせたところ、母も別段憎悪がもとで別れたわけではなかったのだから、すぐさま、太田の私の宿所を知らせたのだ。

太田と名古屋とは片道二時間の近距離であるから、

「一度、会いたい」

と、父が手紙をよこした。

こちらも別に、こだわるところはいささかもないので、名古屋で会い、父がなじみの旅館へ行き、その夜は二人で二升も闇酒をのみほしたが、父は、

「おい、お前はつよいね。その何だ、はじめの顔の赤いのがさめると、いくらでものむね」

びっくりしていう。

「なあに、おやじゆずりだ」

「しかしお前、あんまりつよくなってもいけない。その手本がわしだ」

「自分でいってりゃあ世話はねえや」

私が酔ってクダをまき、父をてこずらせたらしい。翌日、二人で撮った写真が父の遺品として後年、私の手もとへとどけられることになる。

この岐阜出張期間につけた日記が、うすいノート一冊へ〔美濃・太田日乗〕と表紙に書

かれてのこっている。母がつとめ先の女学校へ移しておいたいくばくかの衣料品の箱の中に入っていたのである。

それによると、昭和十九年一月元旦に、私は名古屋で父と再会している。

「……熱田神宮に参拝し、大須の小さな宿屋へ行く。父は自分の配給の米やカンヅメやブドウ酒やらを持参し、なじみの、この宿屋へ夕飯の用意をたのんだり、こまごまとした雑貨をぼくにわたしたり、一ヵ年勤続の表彰状をわざわざ持ってきて、自分が一所懸命にはたらいていることを、ぼくに知ってもらいたい様子だ」

と、日記にある。

二日に太田へもどり、犬山城を見物し、岐阜市のカフエへ行き昼飯を食べ、「……カニの酢のもので酒をのんだが、気味がわるく、宿舎へ帰ってからお百草をのんでおく。このカフエのブルドックみたいな女給も大いに気味わるし。夜、満天の星空の下、木曽川で顔をあらい、うどんやで鴨南ばんを食べる。うどんやのばあさんがサツマイモ四本をわけてくれる。金四十銭なり。いやはやイモともいえない」などとある。

三日に初出勤し、四日に休暇をもらい、私は帰京した。四日から十六日まで、私は久しぶりに長い休みをたのしんだ。

歌舞伎座で、羽左衛門、三津五郎などの〔佐田村〕や、幸四郎の綱で六代目の〔茨木〕

などを見物したり、ゆっくりと読書をたのしんだり、せん子と会ったり、帝劇に新国劇を見物したりしている。山友達の中島滋一と毎日のように銀座の〔ケテルス〕へ行き、夕飯を食べているのだが、

「……野菜も肉も貝類も氷菓子もなかなかうまい」と書いてある。終戦の二年前に、品物が入ったときには、まだレストランで飯を食べさせていたのである。

しかし〔ケテルス〕も毎日、ほとんど同じものしか食べさせなかった。

井上留吉の安否をたずねたのもこの休暇のときのことで、十七日に太田へ帰った私は、またも少年の養成工員たちに旋盤を教えはじめた。

「……電気グラインダーの取りつけがおくれているため、バイトが研げず、精密ネジが切れない。全く口先ばかりの〔生産急務〕にはあきれはてる」などと記されているし、設備がととのわぬ工場での仕事に厭気がさし、二、三日ほど宿舎で寝込んだりしている。

戦況は、すでにガダルカナルの決戦にも破れ、マキン・タラワの守備隊も全滅ということで、同僚たちとも「いったい勝てるのかな？」と、いい合ったりした。

ちなみにいうと、新婚早々の敏郎叔父も去年出征し、ラバウル島へたどりついたきり消息がなく、そのかわり再従兄・滝口幸次郎は肺を病んで除隊し、浅草・永住町の私の家へ帰って来ている。

いまになって考えると、日本は戦争に負けつづけていた最中であったのだし、敗戦をまる一年半後にひかえていながら、大都市では芝居も映画もやっているし、国技館での大相撲もひらかれ、双葉山が照国《てるくに》に負けたりしている。われわれの国は実にふしぎな国であった。

ここで、一月二十八日が来る。

その日記の全文を記しておこう。

「……朝は霧がふかく冷え冷えと川風がえりもとへ吹きつけ、渡し舟で木曽川をわたり、工場へ通うのもなかなかつらい。仕事は順調にて大いに能率をあげ、給料をもらい定時退出。

今夕は牛飯に配給の酒が出て、一同大よろこびなり。それでも八時すぎに腹がへり、町へ出かけ、うどん屋でうどん三杯。帰って床をしき、一同と雑談をはじめたとたん、階下に『電報』の声あり。ピンと直感して、一同に『おい。おれの召集令状が来たらしいぞ』といったら、まさに適中した。

『オウシヨウ一五ヒニウタイ・ハハ』とある。母に『キキヨウオクレテモシンパイスルナ』と電報を打つ」

海軍にとられることはきまっていたから、横須賀海兵団へ入隊するわけだが、海軍だけに半月余の余裕がある。私は母へ、つづいて速達を出し、

「諸方を見物して帰るから、仕度だけしておいてくれ」

と、いってやり、一月三十日には会社との手つづきを終え、太田を発った。

先ず、満目雪だらけの飛騨・高山へ行き、三日間を滞留。宿は遊廓で、この三日間にお女郎さんが千人針をこしらえてくれたものだ。わらの雪沓《ゆきぐつ》を買い、城跡公園へのぼったり〔アルプス亭〕という洋食屋でチキン・カツレツやチキンライスを食べたりした。うまい、あぶらの乗った鶏肉が高山には豊富であったらしい。

高山から名古屋、京都とまわり、所持金をつかい果したところで帰京すると、これが入隊三日前の二月十二日である。

翌十三日に、私は母をつれて伊豆・修善寺へ行き、前に井上と何度も泊った〔あら井〕へ二泊した。

修善寺の裏山は梅がさかりであった。

このとき、私は出征のための仕度をすべてととのえて行き、十五日の当日は朝暗いうちに〔あら井〕を発した。

母とは〔大船駅《おおふな》〕で別れた。

「じゃ、行って来らあね」

私がいうと、母は窓から、

「送らないでもいいだろ」

「ああ、いいよ」

「じゃ、行っといで」

「ああ」

「お前はね……」

「え?」

「お前さんは悪運が強いから死にゃあしないよ」

と、おふくろはつまらんことをいう。

私もまた妙に、戦死する気がしない。

母を見送ってから横須賀線に乗り、東京を出るとき、御徒町《おかちまち》の本屋の棚にあった〔小川未明童話集〕を買った、その残りを読むうち、電車は横須賀駅へついた。

電車の中も駅頭も、白ダスキに戦闘帽の応召兵がいっぱいである。

「あ、いた。いたいた!!」

と、駅に待ちかまえていた滝口幸次郎と、滝口の妹の良人・判治氏が駆け寄って来てくれた。

「や、すいません」

「おふくろ、来ねえのか」

と、滝口がいうのへ、

「あ、来ないよ」

「ひでえおふくろだな」

「いや、照れてるのさ」

と、判治氏。

「この本を家へ持って行ってくんないか」

私が〔小川未明集〕を滝口へわたすと、滝口がきょとんとして、

「お前、これ電車の中で読んでたのか?」

「ああ」

「ひでえやつだな、お前というやつは……」

人波と共に歩くうち、たちまち海兵団の表門前へ到着。私は二人に「じゃあ、行ってくるからね」と別れをつげ、門内へ駆けこんで行った。

海軍八〇一空

兵士たちの戦闘ぶりの優劣は、古今を通じ、これをひきいる直属の上官の素質如何《いかん》によってきまること、いうをまたない。

私は、生死をかけるほどの〔戦場〕ではたらいたわけではないが、応召中の二年間を通じ、この上官とならば、

「一緒に死ねる」

と思えた軍人は、ただの二人しかいなかった。

もっとも、海外の戦地にいたわけではないのだから、そのつもりでお読みねがいたい。

その一人は、小比類巻進《こひるいまきすすむ》という上等兵曹で、この人が横須賀海兵団へ入った私の班長であった。

寒風吹き荒《すさ》ぶ海辺の練兵場で〔敬礼訓練〕をやっているとき、小比類巻班長が、急に、つかつかと私の傍へやって来た。

(なぐられる……)

と、思った。

寒くて、敬礼をする手のゆびがかじかんでしまい、思うように伸びなかったからだ。

すると、班長は私の手をつかみ、これをあたたかい自分の両手の中へつつみこんで、ゆっくりともみほごしはじめてくれたものである。

一言も口をきかず、なんともいえない深い眼の色で私の顔をのぞきこみつつ、私の右手をもみあたため終ると、また黙って去った。

こういうことをする人物でいながら、挙動しずやかにして厳然たるものがあり、班員を一度も叱ることなく畏敬《いけい》せしめたのである。

しかし、この人とは半月ほどで別れなくてはならなかった。

私たちは、さらに三浦半島の武山海兵団へ転じ、ここで本格的な新兵教育を受けることになったからだ。横須賀の半月には、同じ新兵の小学校時代の同級生や兜町の同僚にも出合ったものだが、いずれも散り散りとなる。

武山海兵団での班長は古参の水兵長で、この人もなかなかよかったが、新兵分隊をあずかる佐藤兵曹長（分隊士）というのが実に大した人物。ちょいと米内光政《よないみつまさ》を小型にしたような風貌で、南方海域の激戦地から生還して来たばかりだという。

この人も、あまり口をきかない。

彼自身の肉体より、おのずから発散するものによって、おのずから兵たちをひきいてゆくというかたちであった。

たとえば、

「お前たち。いざ戦場へ出て、死にのぞんだときの自分を考えてみることがあるだろうが……死は、その場にのぞむとき、怖くないものである。死は生きている人間にとって絶対の、未経験のものであるがゆえにおそろしいのだ。お前たちでも大丈夫。いざとなればやれる」

佐藤分隊士の淡々たる口調によって、これらのことばが語られるとき、無条件で、我々は勇気づけられたものである。

この分隊士とも二ヵ月で別れることになった。

私は他の数十名と共に教育完了を待たず、同じ武山海兵団内の〔自動車・講習員〕へまわされたからである。

このとき、私が自講（自動車・講習員の略語）を卒業していたら、現在、自動車運転もやれているだろうし、取材旅行にも大いに役立ってくれたろうが、私はついに〔自講〕を卒業しなかった。

それは……ま、こういうわけだ。

ころは、先ず速度から入って熟達を要求する。

人間の才能というものは、熟達の後に速度がやって来るのが本来なのに、軍隊というと車に関する一切の技能と知識を教えこもうというものだから、訓練は猛烈をきわめる。〔自講〕も三ヵ月が教育期間であって、この短時日に、最高度の運転技術はもとより自動

とにかく一日中、走りまわって狂人のごとく日課をこなすのが精一杯であり、私は、兵舎《デッキ》に置かれた下士官用の物入れ《チスト》へ春の陽光があたたかく射しこんでいるのをながめつつ、

（ああ。あのチストの上へ腰をかけることが出来たら、どんなにすばらしいことか……）

なまつばをのみこむおもいで〔休息〕の価値の重さを今更ながら思い知ったものだ。

とにかく、一日中、駆けまわっている。

やることなすことが気ちがいじみていい、軍隊のそうした生態は小説や映画に語りつくされてきたけれども、たとえば、東北出身の新兵が、あるとき寝ぼけて夜中に起き出し、デッキ内の水桶《オスタップ》を便器と間違え、ここへ小便をしてしまったことがある。これを発見され、分隊の新兵全部が罰を受けることになり、

「お前らは、水桶の中のものを一口ずつ飲め」

と、分隊下士官が命じ、新兵一同、小便まじりの水をのまされたのには、あきれ返ってものもいえなかった。

こうした連帯責任の変態は、

「お前らに飯を食わさん。飯のかわりに逆立をして床のホコリをなめろ」

などということにもなる。命令は絶対であり、棍棒をもって尻をなぐりつけられる〔バッター〕という制裁などは毎朝、毎夜のごとくで、何事にも競争競争である。寝床のハンモックの上げ下ろしにも新兵たちは競争をさせられ、きまりの時間内にすべてが出来ぬ者はたちどころに棍棒でなぐりつけられる。

〔自講〕へもどろう。

自講習員・数十名は、こうした新兵教育をさらに苛烈にしたもので、いかな微細な失敗もゆるされない。

いや、教官をつとめる下士官や兵長が、むしろ兵たちの失敗をさそい出す。

一人の兵の失敗は、

「お前らは緊張がたりない。当分は配給の菓子や酒をとめる」

と、いうことになる。

その兵たちの菓子や酒を、彼ら教官は、自動車の夜間訓練にかこつけてトラックへ積みこみ、横須賀の料亭へ横流しをする。いやはや、どうもこのころの内地の軍人というものは、

（ひどいもんだ）

と、私も吐気をもよおしてきた。

（こんな奴らに、ものを教えられる筈はないし、また教わるのも厭だ）

つくづくと思ったが、軍隊から逃げ出すわけにはゆかないし、むろん、彼らを相手に争うこともならぬ。

〔自講〕の隊長は下士上りの少尉であったが、この中年男はギャング役者のエドワード・チャネルリそっくりの物凄い面がまえだし、子分の教官どもも軍人というよりは、無頼漢そのものだ。

彼らは、兵たちへあたえられた給与の物品をかすめ盗ると同時に、兵たちを一名の落伍もなく〔自講〕の教程を終了させ卒業させなくてはならぬ。それでなくては彼らの成績に関係するからだ。なぐりつけ、蹴りつけ、まるで中世期の監獄のようなもので、兵たちの中には彼らを恐れつつ、しかも卑屈な笑いをうかべて彼らに取り入ろうとする者が多く出て来た。

〔自講〕分隊の員数が少ないだけに、こうした様相は日毎《ひごと》に濃厚となってきて、

（もう、いやだ）

私はさじを投げた。

投げたところで、どうなるものでもないが……。

とにかく私は、教官のいうことをきかぬことにしたのである。

(こんな、やくざどものいうことがきけるものか)

であった。

私は何よりも、彼らが運転を教えるやり方が気にくわなかった。暴力と無知を結集し、兵たちを塵芥のようにあつかいつつ、おぼえこませようとする。

私は、かの水島伍長に機械を操作することを教えこまれた人間であるから、やくざ教官どものいうことなど、おかしくてきけたものではない。だが、表向きに刃向うわけにはゆかぬ。軍隊だからだ。

私は無言で反抗した。

つまり、自動車のハンドルをつかまされ、教官が棍棒や革のスリッパで私の頭や顔をなぐりつけ、

「この野郎、ハンドルを切れ。なにをしていやがる!!」

いかに運転させようとしても、私はハンドルをつかんだまま前方をみつめ、何もしない。

車はスリップし、コンクリート塀へぶつかりそうになったり、海へ飛びこみかけたりする。

教官は、あわてふためき、

「畜生め、畜生め!!」

激怒しつつ、片手でハンドルをあやつり、車をとめるや、私を車から引きずり下ろし、なぐりつけ、蹴飛ばす。

私の顔は西瓜《すいか》の化け物みたいになった。

人間の顔というものが、これほど巨大に腫れ上るものとは知らなかった。このときの話はとても書き切れない。二十余年たった今でもはらわたが煮えくり返ってくるし、当時いためつけられた体の傷は、いまも冬になると疼《うず》くのである。

「あいつは教務を遂行せぬ不忠者だから、殺してしまおう」

などと、いい出した教官もいたらしい。

殺されても戦病死ということになってしまったろう。

ところが……。

或る日の夕暮れ。例の西瓜の化け物のような顔で兵舎の裏手を歩いていると、

「おい、待て」

と声がかかった。

見ると、若々しい海軍将校で、この人が和島軍医（中尉）であった。

「お前、自講だな」

「はい」

「どうして、そんな顔になった?……いえ。いえんか?」

「いえません」

「理由なくして、そんな顔になるわけがない。もしも上官の制裁によるものなら、只ではすまない。兵を、そんなにいためつけるというのは実に、非常に、問題である」

「いえません」

いったら、どんなことになるか知れたものではない。

「よし。きかんことにしよう。そのかわり、この場から入院させる」

「それは……」

「かまわん。おれが引き受けてやる」

すぐに、和島中尉は私を〔下痢〕という名目で海兵団内の病室へ入れてしまった。あとのことは私によくわからない。自講の教官どもは何とかして私を引っ張り出そうとしたらしいが、和島中尉は断固として私を退院させなかった。

そして、ついに〔自講〕三ヵ月の教育期間が終った。私は落第ということになり、ここではじめて退院をゆるされた。私は十貫そこそこにやせこけていた。

「自動車講習員としてつかいものにならぬ」

ということで、私は一人、横須賀海兵団内の第三分隊へ転属となったのである。

兵員バスに乗って横須賀へ帰る私を、やくざ教官どもが見送り、

「大事にしろよ」

人が変ったような声でいう。

どういうわけか今もってわからぬが、私の処置をめぐって、いろいろなことがあったらしい。このような落第生にもかかわらず、以後の私の昇進が他人よりも早くおこなわれたのもふしぎなことである。

和島中尉がいなかったら、あのときの私はどうなっていたことか……。

〇

横須賀海兵団の第三分隊は、いわゆる浪人分隊である。海軍は陸軍とちがい、新兵教育が終れば必要に応じて、たった一人でも任地へ転属せしめる。

したがって陸軍の〔部隊〕のような情味がない。すっきりしているといえばいえるのだが、万事に酷薄であって、そのかわり気が楽なところもある。

ちなみにいうと……新兵教育中の私の得意は、手旗信号・銃剣術・射撃などで、学科や

カッターや水泳、相撲などは全くいけなかったようだ。

第三分隊に居候をすること十数日。

或る日。

「八〇一空《はちまるいちくう》を希望する者はないか」

と、甲板下士官がデッキへやって来ていった。

毎日、こうして少しずつ浪人兵をさばいてゆくのであるが〔八〇一空〕すなわち八〇一航空隊が、どこにあるのか、外地か内地か、それもわからぬ。しかし、航空隊であるからには、

(戦場へ出られる可能性が大きい)

と考えたので、私はすぐさま手を上げた。

「よし。お前とお前と、それからお前……」

甲板下士は希望者のうちから無造作に五名をえらんだ。私も、その中に入っていた。

ところが、いざ転属となってみると、この八〇一空が何と横浜の磯子の航空基地であった。

こうなると、戦場もへちまもない。

(横浜なら、東京の母たちに会えるかも知れない)

俄然、うれしくなってくる。

八〇一空は水上機の基地で、磯子の海には二式大艇という大きいばかりで性能のぱっとしない飛行艇が浮び、太平洋上に孤立し、米軍に包囲された日本の島々へ補給物資を投下しに飛び立つという、のんきなように見えて、実はまことに危険千万な役割を受け持っていた。

私たち新一等水兵は、第八分隊へ編入させられた。この分隊は舟艇・電信・信号・倉庫などの諸班から成っていたが、私たちはいきなり電話交換室へ呼ばれ、室長の関谷兵長からテストを受け、

「よし、お前にきめた」

たちまちに関谷が私を指していった。

これで、その場から私は、この航空隊の電話交換手にさせられてしまったのである。

いわゆる〔海軍芸者〕とよばれる軍楽隊や、この交換手や、自動車講習員などは、本格的な軍人ではないと海軍内で軽んじられているポストなのだが、裏へまわると一般の諸兵科よりも人知れぬ苦しみがある。例によって室長みずから棍棒をふるって交換技術を私にたたきこむ。こうなると、まさに速度が第一。そして熟練ということになる。私の頭はコブだらけになってしまったが〔自講〕にくらべればその苦痛も問題にならなかった。しか

も関谷兵長は東京・浅草の生れで、勤務をはなれれば、

「いよいよ明日は外出だな。よし、早く寝ろ」

先に私を寝かせて夜間当直をしながら、私の下着から制服のすべてにアイロンをかけ、香水をふりかけておいてくれるという変った人物である。

香水といえば、海軍というところは妙なところで、外出のとき、当直将校から服装点検をうけ、

「池波。きさま、海軍へ入ったくせに、外出に香水もつけんのか!!」

どなりつけられ、なぐりとばされたことがあった。

この永井少尉は数日して、交換室へあらわれ、

「これをつけろ」

夜ふけの当直をしている私に、香水二瓶をくれたのである。関谷は関谷で、

「おれまで恥をかいた」といい、棍棒でなぐりつけておいてから、またも香水をくれる。

例によって、はじめは私の電話交換も大分もたついたが、半年もすると、百余のプラグを両手にあやつり、われながら見事に電話をさばけるようになった。

こうなると便利だものだから、関谷兵長も、もう一人の武沢一水もなまけることばかり考え、私の勤務時間は層倍のものとなる。

分隊長の後藤老大尉が夜中に飴玉とサンドイッチをもって突如あらわれ、

「ふむ、ふむ。実に交換がうまくなったものじゃ。これをお食べ」

などと差し入れに来てくれる。

分隊長のみか、電話交換手の怒りを買ったら、彼女や家族からの電話を取次いでもらえぬとあって、電話室長・関谷伝吉の羽ぶりは大したものであった。

私は、初めての外出の日に横浜市中へ出かけ、弁天通り〔スペリオ〕という店から東京の我が家へ電話をした。

〔スペリオ〕は、カフエとも酒場ともレストランともつかぬ、いかにも横浜らしいモダンな店で、兜町にいたころ、私は横浜へ来るとかならずここへ寄り、女給さんたちにからかわれながら魚料理でブドウ酒をやったりしたものだ。この〔スペリオ〕は今も横浜の馬車道に移って営業している。

去年、馬車道を通ったとき〔スペリオ〕の看板を見つけ、横浜在住の老友に「あれはもと弁天通りの?」と訊くや「その通り」と答えたので、すぐさま出かけたところ、店のおもむきは変ってもむかしのままの横浜らしい雰囲気をもった酒場になってい、私をよろこばせた。

二度ほど、日中の外出に横浜で母や祖母と会ううち、私も一人前の水兵として入湯外出をゆるされることになった。海軍の外出は、夕暮れから翌日早朝までであって、陸軍とはここがちがう、おもしろいところだ。

戦況は、いよいよ押しつめられてきている。夜に空襲警戒警報が鳴れば、すぐさま帰隊せねばならぬのだが、

（思いきって、やってみるか……）

私は、東京へ出かけてみることにした。

横浜の海軍の兵は、川崎までが外出許可の地域で、それから東京の方向へは出て行くことを禁ぜられている。途中の電車内にも、駅々にも巡邏《じゅんら》隊が眼を光らせてい、もしも禁を犯せば捕えられて大変なことになる。

しかし、出かけた。

うまく捕まらずに浅草・永住町へ到着。戦給品の菓子やさらし布などをみやげにして、久しぶりに母や弟、祖母などに会い、一時間後、東京をはなれて横浜へもどった。桜木町駅には巡邏がいて、兵の切符をしらべることがあるので、私は手前の新子安駅で下車し、ここで切符を買い替えるつもりであった。

ホームの階段を下り改札口を出たとたん、

「どこから来た？」

暗闇の中から、ぬっと巡邏の下士官があらわれ、私の腕をつかんだ。

私は猛然と巡邏の股間を蹴った。

「あっ……」

まさかと思ったことをされ、相手の下士官が転倒する間に、私はもう一目散に逃げたものである。この下士官とは後に再会し、肝を冷やすことになるのだが……。

以後は、私も無茶をせず、横浜の親類・南波家へ国民服をはこんでおき、軍服を着替えて東京へ行くようにした。

終戦

昭和二十年三月十日。

浅草・永住町の家が米軍空爆によって焼失した。

母たちは、田端《たばた》へ家を見つけて引き移ったが、これも四月に焼け、次いで京橋（八重洲口）へ移転した。

こうなると、代々を東京に住み暮していた我が家は、親類たちをふくめて地方へ逃げる手づるが全くない。母方の叔母は浅草で焼け死んだが、あとは誰もいのちに別条なく、母などは元気旺盛であって、横浜から空襲警報をかいくぐり、外出のたびに東京へ駆けつける私に、

「東京のものは、こんなことぐらいにおどろくものじゃあない」

などという。

私にも〔戦災休暇〕というのが三日間出た。

東京は焼け野原と化した。

米軍が沖縄本島へ上陸しはじめた。

このころ、外出で東京へ行った折に、母がこしらえてくれた夕飯の献立が日記に書いてある。次のごとし。
一、鱈《たら》とこんにゃくの煮つけ（砂糖は罹災者配給）
一、味噌汁（ねぎ）
一、小松菜のつけものと白飯
そのうちに、京橋の新居も焼失してしまい、発病していた祖母を滝口幸次郎の妹の夫・判治氏の家へあずけ、母と叔母（敏郎叔父の妻）と弟は、リヤカー一つへ身のまわりのものを積み、諸方を転々としはじめる。

横浜基地の飛行艇は、ほとんど撃墜されてしまい、八〇一空の大半が、急に、山陰・美《み》保《ほ》航空基地へ移ることになった。現在の米子《よなご》空港一帯がそれである。

私にも転勤命令が出たので、横浜基地の電話交換室が手うすとなり、女性の交換手二名を入れ、これに引きつぎをするため、私は多忙をきわめた。

「お前は、米子へ行ったら電話室長になるらしい。しっかりやれよ」

と、関谷兵長がいった。

この最中、私は水兵長に進級をした。

五月八日。

私は新聞によって、十五代目・市村羽左衛門の死去を知った。

羽左氏は信州・湯田中の〔よろずや〕に疎開中、脳溢血で急逝されたのであった。ときに七十二歳。

七年前に、日本橋・三越で羽左氏の知遇？　をうけた、その印象は少年のころの私だっただけに強烈であった。

その印象の強烈さは、いま四十をこえた私に尚もやきついてはなれぬ。羽左氏にしてみれば、いつも氏がやってのけていたような軽い気もちであったのだろうが、私にとってはそうでない。

兵役に在った間、羽左衛門氏の死ほど、私を悲しませたものはないのである。

終戦、敗戦……それは悲しみの感情とは別のものであった。

五月十六日の夕暮れ。私は他の転出分隊と共に横浜基地をはなれ、山陰の美保航空基地へ向った。

霧のような雨がふりけむる横浜駅頭を一六時〇一分に列車は出発し、翌早朝、京都で乗り換え、鳥取県・米子へついたのは午後二時すぎであった。

基地は、日本海に面した弓ヶ浜半島の中程にあった。

半島の幅は四キロ余、長さ二十キロというが、美しい白い砂地の土地に暮す半農半漁の住民の純朴さと、おだやかな日々の明け暮れに、

「まるで、この世のものとは思えないですなあ」

中年の応召兵の中村一等水兵が、私にいった。この中村氏は三井銀行員だった人で、俳人でもあるし、茶道にも通じているという……こうした人物が私の班にいたので、山陰での生活は私にとって、かなり充実したものになってゆく。

弓ヶ浜半島の突端には、わずかな海面をへだてて島根半島の頭がかぶさり、日本海の風波を喰いとめている。

このころの生活を、のちに〔厨房《キッチン》にて〕という小説にしたが、それによると、

「……海では新鮮な烏賊《いか》や鯖がとれた。そして、この半島にも、やがて空襲警報が鳴りわたり、偵察にやって来たグラマンが、ついでに機銃掃射をあびせて飛び去るようになり、基地は殺気立った。

明日の知れないいのちには軍律も理性もなくなり、特攻隊員は狂暴になった。たがいに烈しく口論し撲《なぐ》り合い、港町の娼婦を奪い合って拳銃を撃ち合ったり、そればかりか農民たちにまで迷惑がかかるようなことも起きはじめ、日が暮れると農家では堅く戸を閉ざし、若い娘たちは外を歩かなくなった。風紀を取締る巡邏隊が強化され、私もえら

ばれて他の兵隊たちと一緒に、司令部の近くにあるA村の巡邏隊本部へ移った」と、ある。

海岸に新設された八〇一空司令部の電話交換台は、電路員によって整備されつつあったが、器材の不足もあって、なかなか完成を見なかった。

で、とりあえず、私は巡邏隊勤務を命ぜられたのだ。

われわれは諸方の農家の納屋などを改造した小さな兵舎へ分散し、それぞれの勤務に従事していた。

巡邏隊本部（宿舎）は、この余子村《あまりこ》でも豪農といわれる家の蚕室と物置を改造したものので、広い庭の彼方に古びた門と大きな母屋がのぞまれる。

このころになると、どうしたわけか、やたらめったに俳句のようなものだの短歌のようなものだのが出来てしまい、たとえば巡回の余暇、本部前にいて休息をとりながら、母屋の盲目の老母が豆をむいている庭の情景を見ていると、つぎつぎに短歌のようなものがうかびあがってくる。お笑い草にしるしてみようか、このときの村の情景が出ているとおもうから……。

宿舎にあてられし母家の姥《うば》のひねもす豆をむきはげむ姿に、こころうたれて。

朝涼の軒端の下に筵《むしろ》のべ、姥が豆むく仕事場という
眼も耳も不自由なる姥の手をとりて、主婦は軒端へいざないにけり
この家の主も主婦も野良に出で、留守居の姥はひとり豆むく
地をひくみ頻かすめ飛ぶ燕に、姥は手をとめくびをかしげり
この家の主婦は野良より帰り来て、姥が手をひき昼餉《ひるげ》知らすも
昼下りふと気がつけば姥の手は、またも軒端に豆をむきおり
耳遠き姥がかわりに立ち出でて、役場の伝え我は聞くなり
夕されば枝手さぐりに身じろがず、さやえん豆をむき終えにけり
むき終えし豆片よせる姥が背に、夏蜜柑の花散りにけるかも
陽ざかりをひねもす豆をむきつぎて、倦まぬはげみぞ老の身にして

○

朝涼の奥の小部屋に姥はまだ、眠りさまさじ疲れたもうか

どこに〔戦争〕があるのか……と、いいたくなるが、しかし戦争という異常な体験に当時のわれわれは日夜いやでも直面せねばならず、だからこそ、こうした平常の情景が強烈に印象されたのであろう。

外出には近辺の親しい佐々木家をおとずれ、好人物の主人夫婦にもてなされて、鯖や鯛の新鮮な魚介で糀《こうじ》をまぜた酒をのむ。まことに弓ヶ浜半島はのんびりしていた。それだけに、巡邏隊は村々の平穏を維持するため、相当の活躍をせねばならなかった。

正規の軍装に半長靴。拳銃をさげ、棍棒をにぎって巡回するわれわれは、死と生の間をさまよいつつ酒と女におぼれ、乱暴・暴行に走る出撃前の軍人たちを相手に、ま、大立ちまわりもかなりあったのである。

名物といわれる霖雨《りんう》が上って、真夏が来た。

そして、ようやく司令部の電話交換室が完成し、私は電路員の大橋上水ほか交換手見習の少年航空兵三名をつれ、司令部に近い民家の二階へ移った。

当時の七月二十二日の日記を見ると、

「……母より来信。あの廃墟の浅草の町に例年通り草市が立ち、四万六千日の行事がおこなわれると書いてあった。なんという心強さ」

と、ある。

この気もちは、浅草に生れ育ったものでなくてはわからぬ感情であろう。

半島への空襲も、このころになると日に三、四度もあり、死亡者も増えはじめた。

電源、電線が破壊されるたびに、電話室も不眠不休となった。

中村一水は外出のとき、境港の古道具屋で短刀を一つ買った。

「持っていると、なんとなく心強いですよ」

と、彼はいった。

司令部では掌通信長の下ではたらくことになり、いよいよ電話室勤務も軌道にのったとき、ソビエトの不法越境宣戦が知らされた。

これには非常なショックを受けたものである。

こうして、ついに終戦となった。

八月二十一日。

「本日、諸手続きを完了。応召解除となる。同時に二等兵曹へ昇進す。まったく喜劇だ。旅費・食糧が支給され、八〇一空は全員解散。ほとんどの兵は帰郷の途についたが、小生と中村は佐々木家へ一泊することにする。夕飯後、境港へ行き、例の古道具屋で支那わたりの大きな美事な鉢をもとめ、これを中村と二人で佐々木家の主人へ贈る。

夜、月のさす縁側で、信号長も招き、中村が茶をたてる」

と、日記にある。

翌日。私と中村氏とは炎天の列車へ乗りこみ、えんえんたる旅をつづけ、二十四日の朝、東京へ着いた。

母の勤め先である女学校の購買部へ行くと、母も知合いの人たちの顔もそろっていて、

「や、帰って来た、帰って来た」

さすがに母もうれしそうであった。

母は奇跡的に焼け残った下谷・稲荷町の一角の二階へ部屋を借り、ここに病気が重くなった祖母と弟と叔母と共に暮していた。

その家へ私を案内しながら、

「骨やすめに、どこか、温泉へでも行っといで」

母はのんきなことをいったものだ。

○

母がくれた二百円を持って、私は、なじみぶかい上越国境の法師温泉へ滞在し、帰途、湯田中の〔よろずや〕へまわり、羽左氏逝去の部屋に泊り、その冥福をいのった。

いまは生死のほどもわからぬ親友・井上留吉のことをおもい、輾転《てんてん》としてねむれなかっ

たのも、この夜であった。

帰京した後も、私は、

（さて、なにをしたらよいのか……）

このとき兜町が息を吹返していたら、私の生活も戦前《もと》へもどってしまったろうが、株式取引所の再開は後数年を待たねばならなかった。

祖母も、息子（敏郎叔父）の帰還を待たず、やがて亡くなった。

（どう生きたらよいのか……？）

私は、まだ迷っていた。

そして、終戦の年は暮れ、翌昭和二十一年となった。この年。読売新聞社が〔演劇文化賞〕をもうけ、これを発表したとき「これこそ、自分の生きる道だ」などという大げさなヒントを得たわけではなかったけれども「ひとつ、やってみようか」程度の、つまり「何かやろう」という目的を得たにすぎなかったが、これが、ついに現在の私の仕事へ通じることになったわけである。

目的がきまると、次から次へ、手足がうごきはじめる。

懸賞へ応募すべき戯曲を書きあげる半年を遊んで暮すわけにはゆかないから、そこで、折から日本全国に猖獗《しょうけつ》をきわめていた発疹チフスを撲滅するため、進駐軍と東京都が募集した労務員に応じることにした。

あの一世を風靡したDDTの撒布作業をやったわけである。

日給は二十円。月に約六百円で、当時としては高給であったようにおもう。もっとも闇値で物を売買せぬかぎり、金のつかいみちもないわけであった。

ところで、私が配置されたところは、当時、浮浪者の密集地帯として有名だった上野山内をひかえる下谷（現台東）区役所であった。

作業は、進駐軍の兵士たちが都内の各区役所へやって来て、われわれ作業員を引きつれ、しらみつぶしに焼けのこりの家々へ、DDTの撒布とワクチンの注射をおこなってゆく。

チフス患者が発生した場所へは再三にわたって消毒をし、これを管理する。

下谷は、上野駅の地下道を受け持つだけに、発生患者も多く、われわれは昼夜兼行で仕事に当った。

意外だったのは、われわれをひきいる米軍兵士で、ほとんど勝ちほこったさまを見せず（下谷地区ではのはなしだが）むしろ、われわれ作業員が、たまたま彼らの中に暴慢な男がいるのを見ると、これを呼び出してたしなめるほどであった。

食糧不足での労働はきびしかったが、そこはまだ私も若かったし、音をあげることもなく懸命にはたらいたものだ。

そして、この年の秋には、正式の職員として採用されることになる。

というのは、進駐軍が東京都に〔保健所〕の設置を命令し、このため急速に人手を必要としたからである。まだ未復員の男子が多く、東京都は猫の手も借りたいところであったのだろう。

この最中《さなか》で、私はやっと〔雪晴れ〕という脚本を書きあげ、〆切ぎりぎりに読売新聞社へ送った。

別に劇作法を教えられたわけではなく、只もう幼少のころから芝居見物をつづけ、種々の舞台の印象から得た〔勘〕ひとつで書いた、はじめての私の脚本であったが……。

いざ発表となると、これが意外にも六篇の入選作の第四位にえらばれていた。

入賞第一位ではなかったが、この脚本を、新協劇団の村山知義氏（選者の一人）が採りあげてくれ、復員早々の宇野重吉・清州すみ子・伊達信、それにまだ若々しかった野々村潔などの出演により、東京から地方公演をふくめ十数ヵ所で上演されることになった。

新聞社の賞金とは別に、新協が一万円の上演料をくれたが、当時の一万円は相当なものであったようにおもう。

演出は八田元夫氏で、私はこの処女作の舞台を、小田原の芝居小屋へ見物に出かけた。

暖房もない冬の雨の日の楽屋で、冷酒をくみかわしながら、宇野重吉氏と語り合ったことが、いま、夢のようにおもいおこされる。

それに、すっかり私は味をしめてしまった。

読売新聞社は、翌年も〔演劇文化賞〕の募集をしたので、私も第二作にとりかかった。選者が交替し、その中に、長谷川伸の名があったので、私も大いに張りきったものだ。

敏郎叔父も、やっとラバウルから復員し、

「もしも入選したら、私が長谷川先生のところへ連れて行ってやる」

と、いう。

私は、下谷区役所内にもうけられた保健所の職員として、相変らず地区の衛生管理にあたっていた。進駐軍は手を引き、今度は私たちが学生アルバイトの諸氏をつれて仕事をすることになった。

あるとき、谷中にチフス患者が出たので、付近一帯の民家を消毒したが、その中に朝倉文夫邸が入っていた。

いまも残っているコンクリートづくりのいかめしい屋敷だが、中へ入ると洋間あり、瀟洒《しょうしゃ》な数寄屋風の部屋ありで、私は久しぶりに、このようなすばらしい家を見た。焦土の東京に、

(まだ、こんな屋敷が残っていたのか……)

と、いうおもいであった。

すると、朝倉氏が、

「ね、君。きれいになっているだろう、この家は……だから大丈夫だ。ＤＤＴの粉を撒かなくっても、ぼくが君、病菌なんぞ入れやしないよ」

にこにこともちかけてきた。

「よござんす」

「そうかい、君。いや、ありがとう」

「そのかわり内密ですよ、先生」

「むろんだ、むろんだ」

先生は、大よろこびで茶や芋を出して、私や学生諸君をもてなしてくれたが、このとき、

「君たちは敗戦のいま、行先の見込みをどうつけてよいか、迷っていることとおもうが、日本は十年も待たずして、かならず復興する!!」

ちから強く、らんらんと両眼を光らせ、朝倉氏が簡潔に受け合ってくれたものだ。若いわれわれは、これをきいて何か猛然と勇気がわき出るおもいがした。理屈ではなく、そのときの老先生の声の凜々としてちからあふれた頼母《たのも》しさが、私どもを一も二もなくなっとくさせたといってよい。

こうなると、またも私の悪い癖で、

「何か、先生のお書きになったものがほしい」

と、やった。

朝倉氏は、ひげを撫《ぶ》しつつ、

「フム。ぼくのはちょいとないんだがね。よし、それでは娘のデッサンをもらってやろう」

と立ちあがられ、二階の令嬢ふたりを呼ばれ、

「この人にデッサンをあげなさい」

「はい」

というので、摂、響子・二令嬢のデッサン二枚を、私はいただいた。このデッサンはいまも大切にしまってある。

とにかく、上野の浮浪者諸君を入浴させたり、注射をしたり、収容宿舎が出来るたびにこれへ移したり、私たちは多忙をきわめた。なにぶん諸君は、夜中でないと地下道へ集まってくれないので、いきおい仕事は夜中から朝にかけてのことになる。

地下道の出入口をふさぎ、白衣にマスク。注射道具とDDT撒布のポンプを持って飛びこみ、逃げまわり抵抗する諸君をとらえては汗みどろになってはたらく。

当時の学生アルバイトの諸君は実によくはたらいてくれたものである。

その当時の金で三ヵ月の残業手当が一万円にもなったのだから、いかに一同、烈しくはたらいたかが知れる。

塵芥と、汚物にまみれた上野公園が、いま見ちがえるばかり美しくととのったのを見るとき、

「あのころを思い出しますなあ」

時折、拙宅をたずねてくれる当時の学生たち（いまは中年のはたらきざかりで、みんな立派な仕事をしている）が、しみじみというのである。

私は、もうなりふりをかまわず、労働の快味に酔っていた。

入浴は毎日かならずしたし、下着も上着も気ちがいのように洗濯をしたものだが、復員のときの海軍の軍服、作業衣はたちまちに刺子の雑巾みたいになり、同僚たちが、

「正ちゃん。服を一つ、ヤミで買えよ」

さすがにあきれていったほどで、仕事の相手が浮浪者でなければ、あのような姿をしていられなかったろう。

終戦直後とはいえ、相当にひどい服装であったらしいが、私は毎日の仕事を終えて、かの〔第二〕を書きあげるため夢中であったから、服装のことなど、まったく念頭になかっ

た。

そのころ。私ども母子が借りていた家の持主が疎開先から帰京し、母の主張によって、いさぎよく家を返すことになり、私たちはみな諸方へ散ることになった。つまり〔一家離散〕というわけだが、そのころの日本の〔不幸〕は私どもの苦労などが苦労の中へ入らなかったほどひどいものであったから、母も私もさほど苦にならなかった。

恩師

昭和二十二年の秋に、第二回・読売演劇文化賞の発表があった。

入選作は二篇。選外佳作四篇で、私はまたも佳作へ入った。賞金は一万円で、当時のことだから相当のつかいでがあったものだ。

その脚本は〔南風の吹く窓〕というので、このときは読売新聞社が四篇をえらんで本にしたものだから、二十年前の私の脚本をいま自分で読み返すことが出来る。いま読んでみて冷汗をながしているところである。よくもまあ、こんなものが佳作にとられたものだとおもう。

いやもう甘くて甘くて、とてもとても読むに耐えず、半分ほど読んで本をしまいこみ、この稿を書きはじめたところだ。

読売新聞社は、この第二回で〔演劇文化賞〕を中止にしたが、私としては選者の一人である長谷川伸氏に劇作の指導をうける手がかりをつかめそうになったわけだから、

「とにかく佳作に入ったんだから、長谷川先生のところへ連れていって下さいよ」

と、敏郎叔父にたのんだが、叔父はそのころ、何かわけがあって長谷川邸から遠去かっていたらしく言を左右にし取り合ってくれない。

一家離散で私のところも、母は日本橋の或る保険会社の管理人として地下室へ住みこんでしまい、弟は国鉄の寮へ入った。

叔父は叔母と共に諸方を転々としてい、私はというと、勤務先の下谷保健所の事務室へ泊りこんでいる。

おもえば呑気なもので、夜になると机を寄せあつめてうすべりをしき、ここへ毛布をのべて眠る。

役所がひけると、そのまま机に向って読み、書く。いくら夜ふかしをしても、翌朝、目ざめると通勤の世話もなく役所へ到着しているという寸法。こんな便利なことはないし、役所にとっても私という宿直員が常時泊っているというのは大安心……とはいうものの、それもこれも上司や先輩のあたたかい庇護《ひご》があったからこそ、そうして安穏《あんのん》に日を送ることが出来たのである。

「とても、いまはあの当時のようなわけにはゆかないよ」

二十年を経た現在、むかしの同僚と酒を酌みかわすとき、いまも役所づとめをしている同僚たちは、なつかしげに眼を細め、

「あのころは上も下もなく、気をそろえてはたらいて、だれにもぺこぺこ頭を下げるじゃあなし、大きな声を張り上げながら役所中をのし歩いて……みんな元気だったものなあ」

と、いう。

仕事は引きつづいて、上野の浮浪者諸君の管理と、荒廃した町を消毒したり、伝染病の発生をふせぐための作業をしたりで多忙をきわめていた。いえば、学生アルバイトをつかっての荒々しい〔現場監督〕のようなものだから、課長も係長も机の上でする仕事のように面倒なことをいうわけにもゆかなかったのであろう。

さて……。

敏郎叔父が引き受けてくれないものだから、私はいよいよ単独で長谷川邸を訪問することに決めた。

それには先ず、何よりも新しい自分の脚本を持参して見ていただかねばなるまい。

半年ほどの間に二篇の脚本を書き、手紙を差しあげておいてから、私は二本榎の長谷川邸へおもむいた。

むろん、先生にお目にかかるつもりはなく、ただ脚本を持参して、

「おひまの折にお読み下さいまして、いろいろと教えていただけましたら……」

そのつもりであった。

少年のころに叔父の使いで行ったときと、長谷川邸は少しも変っていなかった。玄関へあらわれた奥さんもむかしのままであった。当然ながら奥さんは私を見おぼえていない。私は、先生にお目にかかるつもりで来たのではない、と何度も遠慮をしたが、声をききつけたらしく、いきなり奥から長谷川氏があらわれた。氏も少年のころの私を見おぼえていないらしい。安心をした。

叔父がどういう理由で長谷川氏から遠去かったのか、それを知らないのでうっかりと「今井の甥です」というわけにもゆかぬし、それに私は、何もこうなれば叔父の名をあかすにはおよばぬと考えていたのである。

「脚本は読んでおく。その上で、もう一度やって来給え」

と、氏はいわれた。

私は、あたまから水をかぶったような汗で、しどろもどろに何をいったのかおぼえていないけれども、そのとき長谷川氏は、私の頭から足もとを凝《じっ》と見まわし、

「君は良い体をしているねえ」

と、いわれた。

痩せこけた私の体のどこがいいのか……。

「私の体が、で、ございますか?」

「うむ」

と、大きくうなずかれて、

「均整がとれてる」

いえ本当なのだ。笑ってはいけません、何も私の体が美的に均整がとれているといわれたのではない。つまり病気にかかりにくい体のもちぬしであると長谷川氏は見られたのであった。

「ぼくの若いときと、体つきがよく似ているよ」

「左様ですか……」

お菓子をいただき、玄関先から早々に私は退散した。

数カ月して、長谷川氏が手紙を下すった。

「……小生方のおたずねはいつでもよろしい。ただし、土曜でも日曜でも、そちらの仕事をさまたげぬことでありたい」

と、ある。

昭和二十三年の夏のことで、私は二本榎の停留所で電車を下りると、近くの明治学院の構内へ入り、水で顔を洗ってから長谷川邸の門をくぐったのは、いささか緊張していたものであろう。

先生は、新国劇創立三十周年記念のパーティから帰られたところで、

「暑いねえ、君……」

たちまち下帯一つの裸体となられ、

「らくにしたまえ」

「は……」

いくらか気がらくになった。

私がこちこちに硬くなっているのを看破し、みずから裸体になられたわけであったが、そのときの長谷川氏の〔ふともも〕を見て、とても六十を越えた老人とはおもえぬ筋骨のたくましさにびっくりしたことをおぼえている。すると先生はたちまち破顔され、ふとももを平手で叩きつつ「むかし、ぼくは労働をよくしたからね」と、こういわれる。

いつもがこの調子だから、以来十五年間、先生に師事していて、私は気楽に思うままにふるまうことを得た。

つまり、

(何もいわなくても、こっちの胸の中はわかっていて下さる)

という安心感があったためだろう。

このとき長谷川氏はこういわれた。

「作家になるという、この仕事はねえ、苦労の激しさが肉体を損うし、おまけに精神がか細くなってしまうおそれが大きいけれども……男のやる仕事としては、かなりやり甲斐のある仕事だよ。もし、この道へ入って、途中で自信を失い、自分のしていることにうたがいを抱くようになるのは成功を条件としているからなんで、好きな仕事をして成功しないものならば男一代の仕事ではないというのだったら、世の中にどんな男の仕事があるだろうか……こういうことなんだね。ま、一緒に勉強しようよ」

○

長谷川師の指導を受けるようになってからは、私はかなりあつかましかったようだ。どんな社会にもそれぞれの順序、しきたりがあることは充分にわきまえていたけれども、いよいよ私は芝居の脚本を書いて生きて行く決意をかためたので、

（遠慮なぞしてはいられない）

気もちであった。

先ず、長谷川邸の書庫にみちみちた万巻の書である。

これを見のがしておく手はない。

私は勝手に〔図書借返帳〕というものをつくり、片端から借り受けて読みはじめた。

ずっと後年になってのことだが……。

私が信州・松代藩、真田家の御家騒動をしらべて、執政・恩田木工《もく》民親《たみちか》の事跡を小説に書きはじめていたとき、

「近ごろはねえ、君……」

と、長谷川師が私をつかまえ、庭を指しながら、

「ぼくのところの庭にね、雀が増えたねえ。ほかの鳥や虫は、みんな都内から消えていってしまいそうだし、また消えてゆきつつあるのだが、しかし、雀は退《の》かないねえ」

「雀は強いですねえ」

「うん、そうらしいねえ。雀を害鳥だというが、ちょっと一言で片づけるのは間違いなんだね。数が多くなると害鳥になるのだよ。また少なすぎても害鳥になるのだ。世の中のことはなんでもそれだねえ」

そして凝と私の眼を見つめ、

「宝暦の真田騒動にも、それがあるねえ」

こういわれた。

私は、愕然とした。私はいま自分が書こうとしている真田騒動のことを、師に語ったおぼえはなかった。

だが師は、例の〔図書借返帳〕をときどきのぞいて、私が借り出してゆく書物から推定し、私が書きはじめている小説の主題を見ぬいてしまわれ、貴重な助言をして下さったのである。

一事が万事で、これから世に出て行こうとする若者に対しては、だれにもこのような熱心さで指導された。

門下生たちが〔図書借返帳〕へ名前を書き入れるのをいつものぞいては、

「もっと借りて行かなくてはいけない」

とか、

「このごろは勉強しないのだねえ」

とか、いわれた。

時代小説を勉強する者にとって、師の書庫は宝庫のようなもので、おびただしい書物をながめると、いかにも師の体臭がにおいたってくるような独自の配列の仕方であった。

「全部を読むわけにもゆくまいが、目次だけには眼を通しておくのだね」

こういわれ、何年もかかって目次だけは見つくしたが、このことは後に、自分の蔵書をととのえる上で非常な役に立つことになるのである。

このころの私の勉強の仕方というのは、一つの主題を何度も何度も書き直すことであった。書き直すといっても場面から人物からまるで違うものにして書き直す。その主題が成功するまで書き直すのである。

「手」という脚本は、一年間かかって六篇の違ったものが出来た。

この中でもっともよかったのを、新国劇の島田正吾が読んでくれて、

「上演したい」

つもりであったが、

「そんなものはつまらん。よせよ」

とめてしまったのは、

「実はこのおれさ」

と、後に辰巳柳太郎が私に語ったことがある。

当時の新国劇は、終戦後の混乱期を切りぬけ、なんとかして往年以上の実力をたくわえようと懸命であり、島田にしても辰巳にしても、

「どうしても良い脚本がほしい」

血眼《ちまなこ》になっていたものである。

師と新国劇との深いむすびつきもあって、私も自然に新国劇へ近づいて行くようになる。

私もまたよく書いたものである。

〔鈍牛〕という一篇が新橋演舞場で新国劇公演に上演されるまでの三年間に、二十数本の上演されない脚本を書いた。

○

以後、私は新国劇の座つき作者だといわれるほどに、この劇団の仕事ばかりをつづけてゆくことになるのだが、こうして、私の名が新聞の芸能欄や広告にのるようになると、

「あれは、今井敏郎の甥の正ちゃんだよ」

むかしの叔父の歌友《かゆう》の中でも、もっとも古く、もっとも長谷川師と親しい佐藤要氏が先ず気づいた、らしい。

浅草・永住町の家へ、よく叔父を訪ねてあらわれた佐藤氏は私のことも母や祖母のことも知っている。

「あれは今井君の甥ごさんですよ」

佐藤要氏が、このことを長谷川師に告げたとき、

「そうだったのかい。……しかし、ぼくは、これからも彼（私）には何もいわないよ」

師は、そういわれたらしいが、それからしばらくして何かのときに、或る夜、先生のそばで菓子をよばれていると、奥さんが急に、しかも何気なく、

「池波さん。今井さんはお元気？」

と、いわれた。

こっちは、まだ敏郎叔父との関係を師夫妻に知られていないつもりであったから、びっくり仰天して、真青になったらしい。

「それ見ろ」

と、師は奥さんへ、

「急にそんなことをいうから、おどろくじゃあないか」

そして、うなだれた私へ、

「いいよ、いいよ。今井君はね、何も変なことをしたから、うちへ来なくなったんじゃあないのだ。何か勘ちがいをして来なくなっちまったのさ」

やさしく、なぐさめてくれた。

事実、師のいわれる通りであったらしい。

そのころ、私もようやく結婚をした。

保健所も車坂《くるまざか》へ新築をはじめ、もう役所へ寝泊りするわけにもゆかなくなったときで、ちょうどよかった。

借金して、駒込神明町《こまごめしんめいちょう》へ、家を借りた。

参考のために記しておくと、木の香がぷんぷんと匂う新築の六畳一間ながら棟割り長屋の〔家〕であって、謝礼が三万五千円。家賃が千五百円。

家内と共稼ぎで、借金を返したわけだが、その中で家内は金融公庫へ申しこんで家をつくろうとした。何十人に一人という当選率なのだが、一回で当選してしまい、六カ月のうちに土地を求め、家を建てねば無効となる。折よく、私の脚本がはじめて新国劇で上演され、脚本料が入ったので、なんとか小さな家を建ててしまうことを得た。

この処女上演につづき〔檻《おり》の中〕〔渡辺崋山〕の二篇が、いずれも島田主演で上演され、演出は三篇とも文化座の故・佐々木隆氏（佐々木愛の厳父）が担当した。

当時の新国劇は活気がみなぎってい、故・沢田正二郎以来の伝統にささえられた座員たちの熱心さ、純真さに接すると、それが一度でもこの劇団の仕事をしたものにとって忘れがたい魅力となってしまう。

島田・辰巳というスターのみで成り立つ劇団ではなく、傍役から研究生に至るまで、座員たち全体の〔熱〕が舞台の上にみなぎらぬときは、芝居がよくない。

たとえ、無言で舞台を通りぬける仕出しの一役さえも、脚本の主題を生かす一粒でなくてはならない。そこに、この劇団の脚本・演出のむずかしさがあったのである。

私の脚本が好評を得るようになったのは、第四作の力士・名寄岩《なよろいわ》をとりあげた芝居からであったろう。このときから私は、自分で演出を担当することにした。

座員たちは自分のことのように心配をしてくれ、名古屋の御園座のホールで第一回の稽古がはじまると、島田や辰巳を相手にわたり合う背後で、

「闘ってる、闘ってる」

「しっかり、しっかり」

座員たちが、小声ではげましてくれた。

新国劇の演出と役者との関係は、たがいに不足したところを嚙み合う烈しさで、それがまた舞台をおもしろくさせるわけだが、いったんこの道へ入ると足がぬけきれない〔真剣勝負〕のだいご味がある。

ところで、長谷川師は、私の芝居が度々上演されるようになると、

「そろそろ、小説を書かなくてはいけないね」

強くすすめられた。

それでも私は、なかなか腰が上らなかったものだ。

「芝居だけでは食べてゆけやあしない。早く小説を自分のものにするようにしなくては……」

師のことばの通りであった。

私の場合は、上演されるたびに好評で、劇団が大阪・名古屋の公演へも持って行ってくれたから、上演料は三倍になる。

それでも役所づとめはやめられなかった。

三十を越えたばかりの私は病気ひとつしたことがなく、昼間の勤務を終え、夕飯どきに三合も飲んでひとねむりし、夜中から朝にかけて脚本を書き、すぐに役所へ出て行くことなど何とも思わなかったけれども、困ったのは、いよいよ上演がきまり、演出にかかるときなのだ。

東京公演の場合は、その前の月から稽古に入る。

前の月には、劇団は大阪か名古屋で公演をしているから、そこへ出かけて稽古をせねばならぬ。

こういうときには、文芸部にいた池田幹彦君というのが、

「オバキトク、スグニオイデコウ」

と、公演先から電報を打って来る。

伯母が伯父になることもある。

この電報を持って、家内か母が役所へ駆けつけて来るのである。

「そりゃいかん。すぐ駆けつけ給え」

と、課長。

「いろいろとめんどうなことがありますので、一週間ほどは休ませていただかないと……」

「いいとも、いいとも……」

申しわけないのだが、勤務はなかなかに休みにくいものであるから、仕方がない。

保健所も数ヵ所を転勤したが、そのときどき、上司や同僚にはめいわくをかけてしまったものだ。

保健所も、東京都内がすっかり復興し、清潔になったので〔環境衛生係〕というわれわれの部門があまり必要でなくなって来た。

それで、われわれの一部が税務関係へまわされることになり、私は真先にほうり出され〔目黒税務事務所〕へ配置されることになった。

外まわりの仕事をのぞんだので、税金の取りたてと差押え係というのへまわされた。

厭な仕事であったが、やってみるとおもしろい。

差押えは、やむなく二度だけやったことがあるが、のんびりつとめ、しかも成績は五番と下らなかった。

脚本を書くときも、いまのように本名そのままの〔池波正太郎〕であったから、芝居の仕事をしていることも次第に役所へ知れわたったけれども、さいわいに、むかしから上司にめぐまれ、同僚にめぐまれ、厭なおもいをしたことは一度もなかったといってよい。

しかし、そうそうは役所にもいられなくなって来た。

その私の胸中を見ぬいて、あるとき、

「そろそろ潮どきだね」

と、師がいわれた。

「はい」

すぐに決心がつき、役所をやめた。

「だが、書いて食べて行けぬときは役所へ、またもどれるように……」

と、上司の山村課長が私の辞表を半年ほどあたためていて下すったのは感謝にたえない。

さいわいに、何とかやってゆけた。

ラジオやテレビの脚本の注文があったし、依然、新国劇は好調で、公演のたびごとに客足が増えるという絶頂期を迎え、島田・辰巳もあぶらが乗りきってい、出しものにも相当に思いきった冒険がやれたようだ。

座員たちとの交友は深まるばかりで、芝居から手を引いたいまでも、旧座員、現座員との交際は絶えない。芝居の世界というものは割に冷やかなものなのだが、当時の、この劇団の人たちばかりは別であった。

私が小説を書かなくてはならない、と思いたったのは、やはり役所を辞めてからであったろう。

私は、海軍にいたころの自分を主題にして〈厨房にて〉という短篇を書いてみた。

すると師は、これを読まれて、

「小説でもやってゆけるよ、もっとも努力次第だが……」

と、いわれた。

この師のことばをきいて私は非常に勇気づけられ、たてつづけに何篇もの小説を書いた。

無欲に、ただもう夢中で書きつづけていったのである。

旧友

父と十数年ぶりに再会したのは、たしか昭和三十二年の暮のことであったかとおもう。父が金を借りに訪ねて来たのだ。

とんだ〔父帰る〕であったが、じめじめしたことは何一つなく、父も小ざっぱりとした風体で、

「失職してしまって、どうも正月が越せないので、お前さんに叱られてもいいとおもって来たのだけれど……」

と、いう。

貸してくれという金額もわずかなもので、

「春になれば、ちゃんとやってゆける当てもあるし、これ以上のめいわくはかけないつもりだから」

「めいわくも何もない、いつでもいらっしゃい」

と、私はいった。

父は、ここではじめて私の家内にも会った。

母とも、これは離婚以来はじめての対面というわけだが、

「おや、いらっしゃいまし」

母は平然たるものだし、父もまたわるびれたところもなく、

「お母さん、元気ですか」

などとやっている。

私はもう苦笑を嚙みころすに精一杯であったが、折しも正月をひかえ、私は新国劇で上演予定の〔賊将〕という脚本の下調べで、鹿児島へ飛び立つことになっていたので、

「留守中、うちへ来て、襖だの障子だの貼り替えたり、男手がないしするから、ひまならばいろいろ雑用をやってはもらえまいか」

父にたのむと一も二もなく引き受けてくれた。

私は、この機会に家内とも親しくさせておき、さらにはまた母とも話し合える間柄にしておきたいと内心では考えていたので……だが、いまさら母と父を一緒に暮させようつもりはない。折を見て父を引き取り、どこかのアパートにでも住まわせるつもりでいたのである。

「どうだい、ヨリをもどしては」

母に冗談をいうと、母は眼をむき、

「とんでもない。ばかばかしいことをいうものじゃないよ」

不きげんをきわめた。

そして、私が九州へ出かけた後の一週間ほどを、父はどこかの下宿から通って来て、家のことを丹念に細々と片づけてくれた。居どころは決して教えず、

「来春、落ちついたら知らせますよ」

と、家内にいったそうだ。

家内とは気が合ったらしく、毎日うまいものを食べさせ、私の服や下着などもたくさんにわたし、母ともまた食事のときは共に膳をかこみ、いろいろと語り合ったらしい。お金も余分に、たっぷりと持たせてやったが、私の帰京を待たず、父は去った。

いずれ、再会する日があることをたのしみにしていたところ、突如、翌年の晩春となって、父の死が知らされた。

父は、東京郊外の養老院で病死したのである。ここへ入るために、私の名を出さず、あくまでも孤独な老人として入所したらしいが、只ひとり、実姉の嫁ぎ先である谷中の小森家の存在をあきらかにしておいたため、父の死は小森家を経由して私のもとへとどき、伯父・小森一が遺骨を引き取って来てくれた。

あまりに呆気ない父の死であったが、この稿を連載中、諸方から手紙をいただいた中に、大村さんという女性からの手紙があって、それによると、父は一時、台東区のあるミシン会社につとめていたらしい。大村さんも同じ会社につとめておられ、

「少し、お酒が入ると、お部屋の中のものをいっぱいにひろげて片づけものをしていらっしゃいました」

と、その手紙にあるところを見ると、父は、そのミシン会社の社屋へ住み込み、はたらいていたものと思われる。

ところで……。

芝居の仕事も引きつづいて順調であった。

芝居の世界というものは、なかなかに面倒なもので、なにぶん大勢の人びとがあつまって仕事をするわけだから、何よりも協調性が必要となる。

といって、あまりにも協調をゆるし、だれにも良くおもわれようとすれば、自分の仕事の主体性が失われてしまう。ここの〔かね合い〕がまことにむずかしいので、さいわいに私は〔新国劇〕という劇団にめぐまれ、本当の芝居の世界の苦労をせずにすんで来たわけだが、それにしても、

「あのころの稽古場のお前ときたら、強情で強情で箸にも棒にもかからなかったよ」

などと、いまも辰巳柳太郎が顔をしかめていう。

あるいは、しからん。

私は十三のころから世の中に出て、兜町《しま》で生きていただけに、戦前はむしろ愛嬌《あいきょう》のよい、つきあいのよい男であったのだが（嘘をつけ、という声もきこえそうだが……）戦後、脚本を書いて何とか世に出ようとしてからは、そこに自分の〔第二の青春〕を迎えたつもりで、只もう一心不乱、無我夢中で仕事へ打ちこむことにした。

他人の顔色をうかがったり、遠慮気を出したり、そうしたことを全くせず、ひたすらに仕事へ打ちこんでいったので、相当な悪評もあったこととおもわれる。だが、そのときの自分がなかったら、とうてい、現在、なんとか小説を書いて生きてゆける私はなかったろう。

とにかく、芝居の仕事はきびしいもので、だれがいかにほめてくれようとも、舞台の幕が開き、観客がおもしろくなければ、たちどころに、それはもうはっきりと客席にあらわれてしまう。

作者は客席のうしろでこれを見とどけるわけだから、作の良し悪しは一目瞭然《いちもくりょうぜん》である。

それだけにまた、自分の作への反応がなまなましく、はっきりと受けとれるので、この仕事はやり出したらやめられないのだ。

そのころの新国劇は、楽屋へ一歩入ると、異常な活気がみなぎってい、若い研究生などもぴちぴちと張り切り、あぶらの乗り切った島田・辰巳をたすけてだれもかれもが、

「劇場へ出て来るだけで、たのしくて仕方がない」

という風であった。

いっぽう、小説のほうもたゆむところなく書きつづけていったが、これはなかなか〔壁〕を突破することができない。

直木賞には三年間に六回の候補になったけれども、いつも落ちてしまい、

「万年候補」

なぞといわれたものだが、全く気にかからなかった。

芝居の世界の毀誉褒貶は〔日常茶飯〕のことであるから、平気でいられたのであろう。

六回目に受賞することを得た。

長谷川師のところへ報告に行くと、

「よかったね」

と、只一言。にこりともせずにいわれた。

直木賞を受けたのをきっかけにして、私は芝居の世界からはなれた。

以後は、松竹新喜劇のために二篇。

尾上松緑氏のために、子母沢寛原作〔おとこ鷹〕の脚色・演出。井上靖原作の〔風林火山〕の劇化をやった程度で、今年の春、久しぶりに市川新之助（現海老蔵〔編集部注・十二代目団十郎〕）のために短いものを書いて稽古をしたが、稽古に疲れること疲れること、我ながらおどろいてしまったものだ。

さらに、おどろいたことは……。

むかしとちがって、稽古がやりにくいこと、おびただしい。

なぜというに、台本を見るときは老眼鏡をつかわねばならず、稽古の俳優たちを見るには老眼鏡を外さねばならぬ。台本を見ながら稽古を見るときなぞは眼鏡をかけたり外したりで、どうにもならない。

某俳優が、この態を見て、老眼鏡が半分に切れている便利な眼鏡をもとめてきてくれた。つまり〔半月形〕の老眼鏡だから掛け放しにしていて上目づかいになると肉眼で稽古が見えるというわけ。

肉体的に、もう私の〔第二の青春〕は消えてしまったのである。

○

このあたりで、旧友〔蟇《がま》ちゃん〕こと井上留吉との再会について、ふれておかずばなるまい。

数年前。むかしの兜町時代の旧友数名があつまった席上で、井上のはなしが話題にのぼったとき、井上と同じ店にいた坂口直太郎という人が、

「留ちゃん、生きてるそうだよ」

と、いうのだ。

私の顔色は変った。

戦後、いくら手をつくしてさがしてみても、井上の行方は杳《よう》として知れない。

(戦死してしまったのかも知れない)

と、あきらめきっていただけに、

「ほんとですか、坂口さん」

「あ、君は留ちゃんと御神酒徳利《おみきどっくり》だったっけね」

「ええ、そうですとも」

「なんでもね。越後《えちご》にいるそうだよ」

「へへえ……」

「実はね。ほら、戦前に玉塚で外交をしていた野田さんさ、あの人がいま、越後の長岡でミシンのセールスをやっていてね」

「ふむ、なるほど」

「あるとき、越後のH市へ出かけて、ばったり、留ちゃんと出っくわしたというんだ。去年の夏だったか……野田さん、上京したとき、私のところへたずねて来てくれたもんで、この耳へ入ったというわけさ」

「へへえ……H市で何をやっているんです?」

「それがさ、置屋の旦那になっているという……でっぷりと肥っちまってね、なかなかどうして板についていたそうだよ」

「へへえ……」

坂口さんも井上の住所は聞いていなかったけれども、

（なに、H市へ行けばわかる）

間もなく、私は〔堀部安兵衛〕を新聞に連載することになり、安兵衛の出身地たる越後の新発田《しばた》へ下調べに出かけることになったので、取材をすませてのちH市へまわり、ところの花柳界で〔井上留吉〕の名を告げると、彼の家はたちどころに判明した。

信濃川沿いの岸辺にならぶ古風な家なみの花街の中に、井上の家はあった。

夏の夕闇の中を近づいて行くと、坊主あたまの肥満した中年男が浴衣を引っかけ、玄関前に水をまいている。

「おい、留ちゃん」

私の声に振り向いた井上留吉、

「あ、ああ……」

うめき声をあげ、とても信じられないという顔つきになった。

「わかるかい？」

「波さん……生きていたのか……」

「当り前よ」

「ガダルカナルで戦死した……と、そう聞いていたもんだから……」

「だれに？」

「だれにだか、忘れちまったよ」

「めちゃくちゃなことをいやあがる」

「しかし……しかし、よくわかったもんだな、ここが……」

「ま、いいや。上らせてもらっていいかい」

「当り前よ」

井上は、細君（女将《おかみ》）との間に二人の女の子をもうけていた。上が十四歳、下が十歳。

「晩婚だからねえ」

あたまをかきかき、上目づかいに笑いこぼれてゆくところなぞ、むかしのままであった。細君も大よろこびでもてなしてくれる。

抱えの芸者は五名いるとかで、

「うちの妓《こ》でね。あんた好みの、ほれ桜花楼のせん子そっくりというやつ。アメリカ女優のケイ・フランシスそっくりという……あんた好きだったよ、ケイ・フランシス。そいつが帰って来る、直《じ》きに……そうしたらまかせといてくれよ、いいから、いいから」

などと、井上は飲むにつれて浮かれ出した。

戦後、彼はソ連の抑留地から帰国したのだそうで、それからも、かなりの苦労をつみかさねて来たらしい。

「だいぶ、大阪にいてね」

「大阪で、何してた？」

「ふうむ……まあね」

戦後二十年のことに、井上はふれたがらない様子なので、私もむりに訊こうとはしなかった。

何にしても二十数年ぶりの再会で、酔ううちに、

「前に、波さんの小説、読んでねえ……」

などと、いい出す。

ガダルカナルで戦死した筈《はず》の私の小説を読んだというのもおかしいいし、どうも、もう一つ、井上の胸の底には、私に語りたくても語りきれぬ何かがあるようであった。細君もつ

きっきりで接待してくれていることだし、いろいろとその、井上にも複雑な事情があるらしい。

そのうちに、映画のはなしになった。

むかしからの映画狂である二人だけに、はなしもはずみ、戦後、もっとも好きな女優と

監督はだれか……ということになり、

「よし、紙へ書いてあけてみようじゃねえか」

「いいとも」

で、二人で書いた紙片をひらいて見ると、まるで申し合せたように、二人とも、監督は

フェッリーニ。女優はジュリエッタ・マシーナと出た。

私は、むかし、ジーン・パーカーだのロレッタ・ヤングだの、若いころのダニエル・ダ

リュウだのに熱を上げていた井上の好みががらり変っていたのにちょっとおどろいた。

フェッリーニとマシーナ。

そこに私は、戦後二十年の井上留吉の生活をのぞき見たような気さえした。

「カビリアの夜や道なんて、見ていて泣いたね。あのフェッリーニの演出なんてものは、実にもうたまらねえ。それにさ……」

いいかけて、細君に、

「おい。うちのケイ・フランシスはどうした？」

「まだですけど」

このケイ姐さんは出先から客と遠出をしてしまい、

「畜生め。いまの奴《やつ》は手がつけられねえ」

井上は憤激した。

「いいよ、いいよ」

「よかあねえ、よかあねえ」

「おれはいま、あの牝馬のようにすごい、りっぱな体のケイ・フランシスなんかに興味はないもの」

「うそつけ、うそつけ」

「うそつかない、うそつかない」

話はつきない。

戦後。病死をした私の再従兄・滝口幸次郎のことや、かの松永和吉朗氏が南方の戦場へ出て行ったきり、生死不明の状態であることなどを語り合った。

食べて飲んで、その夜は井上家へ一泊した翌朝。

井上夫婦は私をH駅まで見送ってくれた。

「東京のみんなに、よろしくなあ」

「うむ。おれも直《じ》きに来るつもりだけれど、留ちゃんも東京へ来てくれ。なに、H市と東京なら居ねむりをしているうちに着いちまうし……」

「行く、行くよ」

「これからは、家族ぐるみのつき合いだぜ」

「いいとも、いいとも」

井上は涙ぐんでしまい、私もなんだかこう、妙な気もちになってしまった。井上の細君はしきりにハンカチで眼を押えている。

この年は、たがいの文通で暮れてしまったが、翌年になると、私は越後・春日山《かすがやま》へ取材に出かけることになった。〔蝶の戦記〕という忍者小説を書くための下調べであったが、

（しばらく手紙も来ないし、遠まわりになるが、H市へ寄ってみようか……）

何となく気にもかかっていたので、取材を早目にすませ、私はH市をおとずれた。

彼の置屋は変りなく営業をつづけていたけれども、そこに彼の姿はなかった。

彼の子を二人も生んだ細君が、

「うちのひとは、あの妓《こ》（ケイちゃん）に、あなたのことをおはなししているうち、いつの間にか、その、出来ちゃったんです。ふらっと二人で、出て行ったきり……もう二月《ふたつき》にもなるんですの」

「ほんとですか」

「うそにもなんにも……」

「こころあたりは？」

「別に、ございませんの」

「困りましたなあ」

「はあ……」

細君も困り果てている。

その日。私は細君と井上との、そもそものいきさつから、くわしくはなしをきいたが、二人の間はまだ内縁であり、井上の親類がむかしは信州・上田にあったことも、

「少しも存じませんでした」

という始末。

二人していろいろ考えたが、ケイちゃんの身もとはわかっていても（越後・小千谷《おぢや》の

産)、ここへは細君が何度も出かけているとみえ、そこへは何のたよりもないという。

帰京して間もなく、私は〔小説新潮〕の〔私の交友録〕のページに、井上留吉のことを書いた。

もしや、彼の目にとまりはしないかと思ったからである。

雑誌が出て半月ほどした或る夜。大阪から電話がかかった。

「井上さんよ」

と、家内がいう。

電話へ出た。

「もしもし……」

「波さん。小説新潮を見たよ。おれの名前、仮名だね。だから安心して読んだ」

「よく読んでくれたね」

「以前から、波さんの名前が新聞に出ていりゃあ、かならず本を買ったよ」

「そうかい」

「おもしろかった。むかし、おもいだすねえ。おもい出して、おもい出して一晩中ねむれなかったぜ」

「どこにいるんだ?」

「大阪」

「どこでもいいやな」

「ケイちゃんも一緒なのか？」

ちょっとの間があって、

「……うん……」

「とにかく会いてえな。こっちから行くよ。新幹線なら三時間だ」

「ア、コレ……早まりたもうな」

と井上、芝居もどきに妙な声を出した。

「ばか」

「ばかじゃねえ、ほんとだ」

「何がほんとだ？」

「また、電話かけるよ。いまの奥さんだろ。よろしくな」

プツンと電話が切れてしまった。どうしようもないのである。

それきり、何の音沙汰もない。

去年（昭和四十二年）の暮から、この〔青春忘れもの〕が連載され、井上留吉については書けるだけのことを書いて来たが、今年に入ってからも大阪からの電話はかかってこない。

忘れもしない、三月三十日。

新国劇の傍役で鳴らした老優・秋月正夫氏が亡くなられ、その劇団葬が谷中・天王寺でおこなわれたので、これに列席し、むかしなじみの座員諸氏と久しぶりに語り合って帰宅したとたんに、大阪から電話がかかった。

「留ちゃんか……」

「読んでるよ、読んでるよ」

「そうか……」

「ひでえものを書くじゃないか。おかげで月に一度は夜もねむれねえ、むかしを思い出してね」

「おい。水くさいね、おい……居どころぐらい明かしたらどうだ？」

「へ、へへ……」

「おれに出来ることなら何でもするよ、おい」

「いいんだよ。安定してる」

「何……？」

「あんていしてます、どうにか、生活がね」

「そんなことじゃあねえよ。女のことだ」

「あんていしつつある。H市へは手紙をやってけりをつけた」

「子供はどうする？」

「小説を書こうという人が、そんな月なみをいっちゃあいけねえな」

「勝手にしやがれ」

「へ、へへ……」

　プツンと切れてしまった。

　そして、この（昭和四十三年）六月六日。

　用事で長野市へ行き、常宿の五明館へ泊った夜、東京の自宅へ電話すると、

「いまさっき、井上さんから電話でしたよ」

　と、家人がいう。

「こっちへかけろといわなかったのか？」

「かけるまでもないし、ようやく万事がうまく行きそうだから、安心をしてもらいたい、そうだけど……」

「何をいってやがる」

「福岡からでしたよ」

「九州のか？」

「ほかにありましたか？」

「ばか」

以来、こころ待ちにしているのだが、まだ電話はない。

十歳のころ、浅草の牛めし屋で出会って以来、三十余年の歳月がながれてしまった井上と私の交友なのである。

○

さて……。

いよいよ、これで、冷汗をふきふき書きつづけてきたこの一篇も終りにしたい。

恩師・長谷川伸は、すでに亡くなられ、昭和四十四年は七回忌が来る。

亡父・富治郎については、その死がはっきりと私のこころの中に受けとめられているけれども、長谷川師に対しては、

(どうしても、亡くなられたものとはおもえない)

のである。

亡くなられる前に入院しておられた聖路加病院に、まだ師が病と闘っておられるような気さえする。

まことに……それこそ井上留吉のいいぐさではないが月なみな表現をもってすれば、

「人間の生死《いきしに》は、仮のすがたにすぎぬ」

ことが、亡き師をおもうとき切実に感じられてならない。

こうして、何か〔忘れもの〕はなかったかと、記憶をたどりたどり書きつづけてきた〔青春記〕であったが、戦前の私の青春にも、戦後の、ひたむきに猛然として芝居の仕事に打ちこんだ第二の青春にも、何ら悔いひとつないことがわかった。

これからは第三の青春に向ってすすむ。

留ちゃん、笑っちゃあいけない。

同門の宴

一

あかつきの
別れがなくば生半《なまなか》に
悔む心の出やせまい
明の烏《からす》の……。

魚を焼くけむりが生ぐさく立ちこめている台所の一隅に立ち、堀平右衛門直元《ほりへいえもんなおもと》は胸の中で荻江《おぎえ》ぶしの〔八重垣〕を唄っていた。これは彼が知っている只一つの唄であった。

すぐ目の前で、実母のおすずが鯵《あじ》の干物を焼いてくれている。

この干物、俗にいう〔くさや〕というやつで、これを伊豆諸島の名物として江戸人が好むようになってから年久しい。

室鯵《むろあじ》の内臓や汚物を洗い去り、使い古した塩水につけこんだものを日に干し、干してはつけこんで鼈甲《べっこう》色にあがった干物であるから、火にかけると一種独特の臭気を放つ。

この強烈な臭いを好むものはたまらなく好み、嫌悪するものは顰蹙《ひんしゅく》してきらいぬく。

どちらにしても、上流階級が好む食物ではないのだ。

おすずの傍で下女のおしんが浅蜊《あさり》の汁をこしらえていた。

いま、この堀家にいるものは、台所の三人のほかに、若党の和泉清八《いずみせいはち》と中間《ちゅうげん》の権次郎だけである。

あるじの堀平右衛門は五十歳になり、殿さま土岐守正次《ときのかみまさつぐ》の用人兼小姓頭をつとめ、藩中でも老巧、謹直をもって鳴る、先《ま》ず重臣のひとりといってもよろしかろう。

その平右衛門が、妻子が外出中の御長屋の台所で、下等な魚の干物の焼きあがるのをたのしみつつ、ついに、

「明けのからすの、声ぞ気の毒……」

声に出して唄いはじめてしまった。

おすずが、ふり向き、笑いながらもくびを振って見せる。

(いまのお前さまの身分には、ふさわしくない唄ですよ)

と、実母は眼でいってるようだ。

平右衛門は、うなずき、

「よい臭いだ。久しく、この臭いを嗅《か》がなんだ……」

つぶやいてから、居間へ戻った。

平右衛門の長屋は〔六間仕切〕とよばれるもので、この江戸藩邸内にある家臣の長屋の中でも大きいほうであった。

今日は当直にあたるのだが、癇癪《かんしゃく》もちの殿さまは越後の国もとへ帰っており、参観《さんきん》で江戸へやって来るのは来年の六月であるから、藩邸内ものんびりしている。

だから、堀平右衛門は当直の日でも、昼飯を自分の長屋で摂《と》ることにしていた。

今日も御殿から長屋へ戻って来ると、浅草に住む実母のすずが、あの臭い、平右衛門の好物を持って台所からおずおずとあらわれ、

「そっと、かくれておあがり」

「それは何より。ちょうどよい。女房むすめどもは、寺まいりで留守じゃ」

「それは、よかった」

というわけで、いつもは表座敷へも通されぬ六十七歳のおすずが、いそいそと、むかしの我子の昼飯をととのえはじめたのである。

(もし、このようなところを見たら、女房どのめ、どのような面をすることか……)

居間の縁側にかけ、ここにまで濃厚にただよってくる臭気を久しぶりに吸いこみながら、平右衛門は苦笑をうかべた。

先日までの残暑が、まるで夢のように思われるほど、今日の微風は冷《ひ》んやりとしている。塀の向うの御殿の大屋根も、初秋のふかい空の色の中に生き生きと呼吸をしているように見えた。

でっぷりと肥えた体軀を羽織・袴に包み、端然と縁にかけている堀平右衛門は、禄高三百五十石、定府《じょうふ》（代々江戸藩邸につとめること）側用人の貫禄《かんろく》じゅうぶんといったところだが……。

「ひとつ流れの……」

好物への期待につばをためながらの上機嫌に浮かれ、思わずまた唄い出したとき、

「お帰りでございます」

庭の木戸が開いて、中間の権次郎があわただしく告げた。

「何……」

もう貫禄も何もあったものではなく、堀平右衛門があわてふためいて台所へ走ったときは、もう遅かった。

入口土間（玄関）と台所は、ほとんど隣り合っているものだから、外から家の中へ歩み入った平右衛門の妻・常の細く尖った鼻は、たちまちに干物の臭気を嗅ぎつけてしまい、

「おのれ、またこのようなふるまいを……」

常の怒声が、ぴしぴしと飛んだ。若党も中間も下女も、それからおすずも、みな平伏して、あるじよりも数倍おそろしい、この家つきの〔奥さま〕のお叱りをうけている。

寺まいりの途中、常は持病の貧血をおこし、別の若党と召使いにつきそわれ、藩邸へ引返して来たのだ。

寺まいりのほうは娘夫婦が行ったらしい。

「このように汚《けが》らわしい食物《もの》は土中へ埋めよ。名も知れぬ女《もの》は去れ」

常の声は、すさまじいものであった。

名も知れぬ女といったのは、夫・平右衛門を生んだおすずを指したのである。

平右衛門は悄然と、しかもすばやく身をひるがえし、居間の大小をとって庭へ下り、心得顔の権次郎が開けて待っていてくれた木戸口から外へすべり出た。

宏大な藩邸内の両側にならぶ家臣長屋の裏側は石畳の通路で、片側は六尺の土塀、その向うは馬場になっている。

通路をぬけ、作業奉行詰所の裏手へ出たとき、権次郎がおすずをみちびいて追いついて来た。この渡り中間は、あぶら切った中年男で一癖も二癖もあるやつだけに、こういうときには何かと便利であった。

「すまなんだな、母者」

平右衛門がいうと、おすずは例のごとく平気な笑顔を見せ、

「お前さまも大変なことで……」

「権次郎。母者を勝手門から……よいな」

「心得ておりまする」

藩士二名が通りかかり、礼をした。

とたんに平右衛門は胸をそらし、鷹揚《おうよう》にうなずいてみせる。

この町家の隠居らしい老婆と〔御用人さま〕の関係を知る藩士はいない筈《はず》であった。

行きかけたおすずが、ふと駆け戻って来、

「あとで、ゆるりと話すつもりでいましたが、こんなことになって……」

耳に口をよせ、何かささやくと、堀平右衛門の顔色が、さっと変った。

「では、待っていますよ」

権次郎のうしろにつき、勝手門へ去る実母の後姿を見送りながら、平右衛門が茫然《ぼうぜん》と、
しかも感動をこめてつぶやいた。

「そりゃ、まことのことか……」

二

堀平右衛門は、同じ藩中で江戸家老をつとめていた安達隼人正《あだちはやとのしょう》の妾腹《しょうふく》に生まれた。隼人正が、召使いのおすずに手をつけたのである。おすずは浅草・阿部川町《あべかわちょう》の菓子舗で加奈屋新兵衛の次女に生まれ、加奈屋が藩出入りのものであるところから、安達家の召使いになったのであった。

平右衛門を身ごもったおすずは、ただちに実家へ引きわたされた。

安達家には、すでに二人の男子がいたし、

「行末のめんどうは、じゅうぶんに見てつかわすから……」

というので、母子ともに安達家への出入りを禁止されたのである。

封建の時代《ころ》には、どこにでもよくあったことだし、事実、安達家からの仕送りはおすず母子の暮しをまかなうに不足はなかった。

ところが……。

平右衛門七歳のとき、安達家の長男・主馬《しゅめ》が二十歳で急死をしてしまった。彼が木刀を削っているときに少し手を傷《きず》つけ、その傷口が破傷風の原因となり、健康な主馬が呆気なく

世を去ってしまうと、

（これは……）

と、安達隼人正も考えざるを得ない。

次男の源二郎は生まれつきの病弱で、医師の言葉によれば、「三十まで保てばよいとお考えなさるべきで……」だそうな。

これで、平右衛門の存在が再認識されることになった。

おすずも、当時、小三郎と名づけられていた我子を手放すのをいやがったが、

「源二郎様の御寿命は見きわめがついているようなものだ。ゆえに、小三郎どのは行末、一国の家老職につくことになるのじゃ。ここをよく考えて見なされ」

安達家の使者に立った藩士・大沢甚六郎から、ついに説きふせられてしまったのである。

かくて平右衛門は、強引に生母の手からもぎとられ、安達家の子息として、武家の教育をうけることになった。

ところが、である。

数年たつと、どういうかげんか、次男の源二郎の健康が、めきめきとよくなってきた。

この源二郎が、いまは安達家の当主となって国もとへ転じ、家老職をつとめているわけなのだが……。

だからつまり、平右衛門は、安達家にとって、また邪魔者に戻ったわけであった。

二十五歳で、平右衛門が側用人の堀家へ養子に迎えられるまでの約十年間、厄介者あつかいの白い眼で見られつつ、彼も相当に荒れたものだ。

おもしろくないことがあれば、町住いの実母のもとへ行き、半年も帰らなかったこともある。

大形《おおぎょう》にいえば、放蕩無頼《ほうとうぶらい》の十年であった。

安達家の納戸から刀剣や骨董品《こっとうひん》を持ち出して売りはらい、酒と女に注ぎこむことなどもあって、一時は安達家の親族会議で、

「勘当せよ!」

と、いうことになったこともある。

正腹の源二郎が、彼の鉄拳をくらって気絶したこともあり、隼人正夫人としても、一時も早く、この持てあまし者を片づけてしまいたかったのは事実であった。

(あのころのおれを、堀家の先代がよく養子に迎える気になったものだ……)

いまも平右衛門はつくづくと思うのであるが、それもこれも、当時は藩政を一手に牛耳っていた安達隼人正の運動が物をいい、殿さまの口から、

「安達小三郎を養子にしてはどうか?」

と、持ちかけられたのでは、先代の堀平右衛門も首をふるわけには行かなかった。

「あのときは、おれもまあ、自棄《やけ》くそでな」

と、堀平右衛門が盃を口にふくみつつ、親友の柳田伊織《やなぎだいおり》にいった。

伊織は平右衛門と同年の五十歳。大和・郡山《こおりやま》の松平家につかえている。

少年のころから同じ道場で剣術をまなんでから、この二人の交友は今もつづけられている。

いま、二人が酒をくみかわしている場処は京橋・浅蜊河岸《あさりがし》にある料亭〔よろずや〕の二階座敷である。

あの〔干物事件〕から四日後の午後で、堀平右衛門は非番であった。

「あれから、もう二十五年になる。光陰……」

「矢の如しか。月並だの、平右衛門どの」

「二十五年間、あの女房どのの尻に敷かれつづけて来たのかと思うと、おりゃ全く、何のために、この世に生まれたのか、と、つくづく考えてしまうわ。生みの母と共に好物の魚も喰えぬという……」

「くさやの干物には、奥方の許します、が出ぬというわけか」

と、柳田伊織が冷やかした。

堀平右衛門は二十五年前に養子となり、常と婚礼の式をあげたわけだが、つまり初夜に、あのことへの〔お許し〕がなかったという。

夫婦になって十六日目に、常がようやく、厳然として、

「ゆるします」

と、いったものだ。

このときから、平右衛門は妻に圧倒されてしまった。堀家では、それまでにも三代にわたって養子を迎えており、いわば代々、女権が家庭を支配してきた故もあり、夫婦とは、こういうものだという観念が厳として在る。

現に、ふしぎなことだが平右衛門夫婦がもうけた二人の子も女であり、一昨年に長女・いせきと結婚させた養子の庄五郎についても、

「あやつの様子を見ていると、二十五年前のおれの姿そのままでな」

愚痴をいう調子ではなく、淡々として語りながら、平右衛門が盃をおき、

「さ、そこでだ」

にやりと伊織を見やった。

「え……？　何が、そこなのだ？」

「先日、浅草の母がいいおいて帰った言葉なのだが」

「ほう……？」

「母がな、つい先頃、浅草寺境内において、あのほれ、お民に出逢うたそうな」

「おたみ……？」

「さらに、お民の口から、おひろの居どころもわかったそうな」

「おひろ……」

と、今度はさすがに忘れていなかったらしい。

「そりゃ、まことのことか」

五十男の柳田伊織の顔に、ぱっと血がのぼった。

「ほう、目のいろが変ったな」

「変らいでか」

「これ、見得を切らぬでもよいではないか。は、は、は……」

「で、どこにいる。どこに、どうしている、おひろは……」

「お民のことを思い出せぬかな」

「いま、わかったところだ。お民は、おぬしの……」

「左様、左様……」

女ばかりではなく、男にとっても、初めて知った異性への印象は生涯ついてまわる。

その印象がよきにつけ悪《あし》きにつけ、このことは潜在的に男の一生を左右する場合さえあるのだ。

堀平右衛門と柳田伊織の場合、二人が十九歳の夏に童貞をあたえた女たちは、それぞれ、なつかしげな印象を残していたものと思われる。

それは……。

「浅草の母が手びきをして、三十年ぶりに二人の女をわれらに会わせてくれようという、どうじゃな」

と、平右衛門がいったとき、もろ手をあげ、歓喜と感動に、めっきり白いものがまじってきた髷《まげ》をぶるぶると震わせ、

「たのむ!!」

めったには動ぜぬ伊織が、いきなり、こちらの手をにぎりしめたのを見てもわかろうというものだ。

三

平右衛門と伊織に女の味をおぼえさせたのは、今は亡き土井四郎蔵《どいしろぞう》であって、彼は幕

臣・土井浅之進の息子だが、当時、平右衛門たちより五歳の年長であった。

三人とも、御徒町《おかちまち》の飯塚道場へ通って剣術をまなぶうちに仲よくなったもので、

「そろそろ、おぼえておかぬとなるまい」

と、土井四郎蔵は十九歳の二人を岡場所（私娼とあそぶところ）へ案内してくれた。

そこは、道場からも遠くない谷中・天王寺門前にあり〔いろは茶屋〕とよばれたところである。

いまも繁昌しているそうだが、平右衛門たちが通ったころは娼家の数も少なく、万事が上方風の、おっとりとした雰囲気があり、娼婦たちも上方や近江から来たものが多く、

「おぬしにはこれ。お前には、この女がよい」

と、土井がきめてくれた平右衛門の相手が、お民であった。

お民は、平右衛門より四つ上で、当時は二十三歳。近江・長浜の生まれだそうで、はじめての日、昼あそびの明るい光が射しこむ二階座敷で、わなわなとふるえている平右衛門を、

「ま、可愛ゆいおさむらいさま……」

噛んでふくめるように、何度もくり返して誘ってくれ、

（女とは、このように、みごとなものであったのか……）

お民の白い乳房にしがみついたまま、平右衛門は感激に涙ぐんだものである。

娼婦の中には、洗いたてのシーツのように清潔な肉体を所有している女がいるものだ。

これは処女でありながら何となく生ぐさい感じの女がいるのと同様であって、まれに見るこうした秀抜な娼婦は、何人の男の手にかかっても肌が荒れぬし、心も荒れぬ。したがって、逆境を自然にぬけ出す率が多い。

以来、お民の、しなやかなからだの、どのようなところへ唇をふれても、平右衛門は汚いと感じなかった。

伊織の相手は三十に近い大年増で、からだの量感も相当なものであったが、

「よう可愛いがってくれてな」

はじめての日の帰途、夕暮れ近い上野山内を竹刀を担いで走りぬけつつ、まだ少年のおもかげが残る顔をまっ赤に火照《ほて》らしていた柳田伊織を、いまも平右衛門は忘れていない。

土井四郎蔵の相手は、おもんといい、これは細面の、さびしげな女であった。

お民を知ったころ、平右衛門は安達家の厄介者だったわけで、こうなると青春の怒りと哀しみのすべてを、この娼婦を抱き、抱かれることによって忘れようとした。

金につまると悪いことをしたことも、すでにのべておいたが、実母のおすずが心配のあまり、ひそかにさぐり、お民に会いに出かけたことがある。

会って、おすずは一度で気に入った。

「これからは、私が無理のないようにしてあげる。あの女のところであそぶなら、お前さまの身を案ずるにもおよぶまい」

と、いった。

これで平右衛門も気が落ちつき、月に何度か、浅草の実母のもとへ帰り、子供のころになじみつくした町住いの気楽さを味わい、心ゆくまで好物のくさやを食べ、裸になって夏の涼風をむさぼり、そして、お民の〔もてなし〕に酔った。

そして二年後に、お民は〔いろは茶屋〕から姿を消した。

何でもお民は、客の一人である商家のあるじの手によって連れ去られたというが、お民を抱えていた〔井の字屋〕では、その行方を洩らすようなことはしなかった。

以後、堀家へ養子に入るまでの平右衛門の生活は、のべるまでもあるまい。

荻江ぶしの〔八重垣〕は、そのころ、お民がよく唄っていたものをおぼえたまでである。

「三十年前の、いろは茶屋には、ああした女がいたわけだが、いまは、ひどいそうな」

「伊織。いまのあそこを知っておるのか？」

「おりゃ知らぬさ。なれど、うわさにきく。女たちも金に執着がつよく、あそびにゆとりがないというが、おれが藩の若いものは、それでもよろこんで出かけるらしい」

堀川の向うの弾正橋に夕陽が射しているのをながめながら、二人は熱い酒をあくことなくのみつづけた。

「で、いつ会えるのだ、女たちに……」

「ま、待て。浅草の母がうまくしてくれる。おれの知らせが行くまで毎日毎夜たのしみにしておれ」

「うむ、うむ……」

柳田伊織も代々定府で、松平家では馬廻りをつとめ、妻女は五年前に病死をしている。二人のむすめを嫁がせ、いまは一人息子の寅之助夫婦と暮しているのだが、

「このごろはいかぬなあ……年の故か、死ぬ日のことばかり、しきりに思われてならぬ」

なのだそうだ。

「ときに伊織」

「何だな？」

「おぬしの衣服の寸法な、それ、袖や身幅などの……それを嫁ごにでも何かにしたためてもらい、おれのところへ届けてくれぬか」

「どういうことなのだ、それは？」

「おれにもわからぬ。母の注文なのだ」

「ふうむ。妙な注文だな」

「浅草の母のことだ、きっとまた何か妙なことを思いついたのだろうよ。何でも早いほうがよいということだ」

「何やらわからぬが……ま、心得た」

四

それから十日後に、浅草の実母から、ひそかに知らせがとどいた。

堀平右衛門は柳田伊織にこれを通じ、さらに二日後の昼前から、

「両国へ刀剣《かたな》を見にまいる」

と、いいおき、愛宕下《あたごした》の藩邸を出た。

幸橋門内の松平屋敷から来る柳田伊織とは、例の浅蜊河岸〔よろずや〕で待ち合せ、ここから舟をやとい、浅草の駒形へつけた。

岸へあがり、駒形堂のうしろを大川に沿って行くと、おすずの手紙にしめされたように〔御蒲焼・和田平〕の掛行灯《かけあんどん》が見えた。

この〔うなぎや〕の二階座敷へ、おすずは平右衛門と伊織が童貞をささげた、お民、お

ひろの二女……というよりは二老婆をよび、五十男の二人を会わせようというのである。

「よいかな、え、よいかな……？」

表口まで来て、柳田伊織は緊張のあまり、しきりに生つばをのみこみながら平右衛門のたもとをつかみ、

「むかしの女《あれ》たちのおもかげを胸にしまっておいたほうがよいのではあるまいかな。おれたちにしても、このようにしわのふえた面を見せたくない、ような、気がしてきたのだが……」

「しわのふえたは相見互いというものだ。かまわぬ、かまわぬ。そう、おぬし、気を張りつめるな」

「おぬしこそ、青い顔をしてござる」

白い戸障子を開けると、鰻を焼くうまそうな香りが流れ、ただよっている。

二階から、おすずがあらわれた。

「これは、母者」

「さ、おあがりなさい。二人とも待っていますよ。柳田さまもお久しぶりで……」

「これは、その……こたびは格別の……」

「さ、早く、早く……」

二人とも、へどもどと顔を見合せつつ、二階へ上って行った。

おすずが入った座敷前の小廊下で、

「おぬし、先へ……」

「いや、おれは後で入る」

「何を申すか……」

「よいから先へ行け」

低声で、まじめくさってゆずり合っている二人へ、

「何をしていなさる。早くお入りなさい」

おすずの声が可笑《おか》しげにきこえた。

二人は、ひょろりと、小廊下から座敷の前に立った。障子は開け放してある。

窓の向うの、秋の陽ざしが光っている大川を背にして、老婆がふたり、にこにこと、こちらを見ているではないか。

(ど、どっちがお民だ……?)

(どれが、おひろなのか……?)

困惑の眼を見合す二人を見て、おすずを交えた三老婆が、けらけらと笑い出した。

おすずは小柄で細いのだが、二人の老婆は、いずれもでっぷりと肥え、

（ともあれ、細身のほうがお民だからな）

と、決めていた平右衛門、伊織だけに、

「これは、これは……」

「こたびは奇遇……」

もぞもぞといいながら、ともかく二人は床の間を背にしてすわった。

「さ、あなたはこちらへ……」

おすずが、老婆の一人を、柳田伊織の傍へいざなった。

これでわかった。

「これは、お民さんか……」

「可愛い、おさむらいさま」

こっちでは、

「まあ、ずいぶんとしわだらけに……」

「そりゃ相見互いではないか」

一度に、打ちとけた。

それもこれも老婆ふたり、福々しく肥えて血色もよろしく、五十をこえて尚、黒ぐろとしている髪をさっぱりとゆいあげ、いま流行の琉球つむぎをゆったり着ているところなぞ、どう見ても、ふたりの今の境界が明るいものであることを、当人たちも自覚しており、平右衛門と伊織も知ったからであろう。

酒がはこばれ、

「先ず一献」

平右衛門と伊織が懐旧の想いに眼をかがやかせ、異口同音に声を発したとき、

「お民さん」

「はい。では……」

ふたりの老婆は立って下座に直り、肩をならべ、これも同時に、

「そのせつは、ごひいきにあずかりまして有難うございました」

と、いった。男たちがこれにこたえる間もないうち、二人はそこにあった真新しい畳紙《たとう》を引きよせ、それぞれに進んで平右衛門と伊織の前におき、

「これは、三十年ぶりの、ごあいさつのおしるしでございますよ」

「お気に入るかどうか、ふたりして何度も相談したあげくの果て、こんなものを……」

とまどっている男たちに、

「あけて見てごらんなさい」

おすずがいう。

二人、かすかにふるえる指で畳紙をひらき、「あ……」と、声をのんだ。

これも、いま流行の薩摩《さつま》絣《がすり》がぴいんと仕立てあがっている。濃紺の色に仕つけ糸の白さが眼にしみるようであった。

（さては……母が、われらの衣服の寸法をきいたのは、このことであったか。しかも、お民とおひろが手にかけて縫いあげてくれたのだな……）

と、堀平右衛門がすべてを察したとき、

「う、うう……」

柳田伊織が両手で顔を被《おお》い、男らしく感泣したものである。

五

お民も、おひろも、いまはどこかの商人の女房で、それぞれに孫もいるという。

くわしいことをきくにも及ばなかったし、ふたりの女の三十年の歳月を穿鑿《せんさく》するつもりもなかった。

男女四人、もはや老人なのである。

「浅草の母ご。伊織、この通りでござる。それがし、この五十年を生きて来てよかったと、いましみじみと思い申す」

　などと、伊織は嬉し涙をふきふき、しゃちほこばって礼をのべた。平右衛門は平右衛門で、

「のう、お民さん」

「あい……」

　お民婆さんも、ちょと愛らしい返事をする。

「どうかな、一年に一度でよい。浅草の母を通じ、日をきめ、こうしてまた四人で酒をくみかわしたいものじゃが……」

「そりゃもう、こちらはよろこんで。ねえ、おひろさん」

「ええ、ええ。もう、もう……」

「そりゃよい。いや結構。伊織、もろ手をあげて賛同いたす!!」

というさわぎで、男ふたりは別室へ行き、早速に贈物の薩摩絣を着込んであらわれるや、

「ま、お似合い」

「やっぱり、これにしてよかった」

　老婆ふたりが擦りよって、まめまめしく仕つけ糸を口にくわえて引きぬくという寸法。

　浅漬のうす打ち、味噌漬の茄子など、さすがにきこえた〔和田平〕だけに美味しい香の

物や、わさびと煎酒《いりざけ》をそえたしめ鯛の小鉢などで酒がまわり、焼きたて鰻がはこばれて来るころには、柳田伊織はすっかり興奮し、わけのわからぬ謡曲《うたい》なぞをうなりはじめる。

ま、これほどにしておこう。

この、たのしい宴が終り、駒形に待たせてあった舟で平右衛門と伊織が帰って行くのを、老婆三人が手をふって見送ってくれた。

舟の中では……。

「来年が、たのしみじゃな、平右衛どの」

「今度は、こちらがお返しをせねばならぬ。あの婆どの二人によう似合うた着物と帯な……」

「それがよい。どこぞ、よい呉服屋で見たてよう」

「まだ一年ある。ゆっくりと、よい品をな……」

「こりゃ、たのしみになって来たわい」

「これからは毎月一度、二人して、そのことを相談しようではないか」

「いうにやおよぶ‼」

ちなみにいうと、二人とも薩摩絣を着たままであった。ぬいだものは浅草の菓子舗〔加奈屋〕の隠居であるおすずが、後で送りとどけてくれることになっている。

いまの加奈屋の主人は、おすずの弟、千次郎であった。

「着替えてお帰りのほうが、よくはあるまいか?」

おすずは、そっと平右衛門にいったが、

「何の……」

と、只一言。息子であって息子ではない、この〔御用人さま〕は屹《きっ》とくびをふったものだ。

舟が、浅蜊河岸の〔よろずや〕へ着いた。

もう夕暮れが近い。

どこかで、しきりに鵯《ひよどり》が鳴いている。

満悦の柳田伊織を先へ帰してから、平右衛門は〔よろずや〕の内儀にたのみ、何かをたのんだ。

内儀は心得て、平右衛門が酒一本をあけるうちに、竹籠にいれた品《もの》を求めて来てくれた。

「造作をかけたな」

この竹籠をさげ、〔よろずや〕を出た堀平右衛門は、まっすぐ愛宕下の藩邸へ帰って行った。勝手門から入った。門の詰所にいる藩の足軽たちが、頭を下げながらも、びっくりして〔御用人さま〕を見送った。

まるで親の敵でも討ちに行くように、平右衛門の血相が変っていたからであろう。

自分の長屋へついた。

「お帰りィ」

と、中間の権次郎が声を張りあげる。

いきなり、平右衛門は台所へ入って行った。

女中や小者が夕飯の仕度をしていたが、みんな、ぎょっとしてこちらを見た。

「これを焼けい」

平右衛門が竹籠の中から〔くさやの干物〕をつかみ出し、

「焼け。早く焼けと申すに――」

怒鳴った。

玄関で、妻女の常や養子夫婦の声がした。

魚の干物がけむりをあげはじめた。般若の面のような妻の顔が、台所へあらわれた。

「このような汚らわしきものを、たれが焼けと命じましたか」

夫を見ず、常は女中たちを叱りつけた。さすが用人の家に生まれ育っただけあって、人前では決して平右衛門に恥をかかすようなことはしない。ことに藩士たちの前では、むしろ「私は良妻でございます」とでもいいたげな気味わるい笑みさえうかべて見せる妻なのである。

「汚らわしきものを土中へ埋めなされ」

常の叫びを叩き返すように平右衛門がわめいた。

「だまれ!! この魚は、わしが食《くろ》うのじゃ」

常の驚愕した表情が、そのまま空間に貼りついたようになった。

「今日より毎食、この魚の干物を食膳につけよ」

いいざま、堀平右衛門は羽織をぬぎ捨て、薩摩絣を堂々と見せ、

「常。きさまも、この魚を食え!!」

と、咆哮《ほうこう》した。

さわぎをきいて出て来た養子の庄五郎が腰をぬかさんばかりに青ざめている。温厚謹直な養父だけを見てきただけに、このすさまじい変貌ぶりをどう解釈してよいのか、わからぬらしい。

むすめのせきが駆けつけて来た。

それを見て、平右衛門が、

「庄五郎。今日よりは、このような妻に屈服すること、わしがゆるさぬ」

指をあげ、高慢な我がむすめをさし示したとき、

「ゆ、ゆるしませぬ……」

常が必死に声を張って、

「こ、この御無体、ゆるしませぬぞ」

「だまれ!!」

「あ……」

つかつかと近寄った堀平右衛門の拳が、風を切って妻女の頬をなぐりつけた。

常は、気を失い、くずれるように台所の板敷きに倒れた。

これを見返りもせず、堀平右衛門は颯爽と居間へ向いつつ叫んだ。

「庄五郎。常に水をあびせてやれ。それから早う膳の仕度をせよ。今夜は思うさま、くさやを食うてくれる」

あとがき
ならびに小説について

〔青春忘れもの〕を私に書かせたのは、〔小説新潮〕編集部の川野れい子さんであります。この依頼をうけたとき、私はことわりました。

そもそも、まだ回想記のごときものを書く年齢ではないし、また私自身のつまらぬ前半生を、そのままに書いたところで読者が読んでくれるものかどうか……。

ところが、川野さんは「絶対に読みます」と申され、どうしても書けとすすめられるので、ついつい、びくびくもので第一回を雑誌にのせましたところ、意外の好評で、ぶじに十二回の連載を終えたのでした。

小説とちがい、回想記では、登場する人物が、みな実名で出てまいりますし、それらの人びとに対する観察にしても、まだ五十にみたぬ現時点の私の年齢をもってしては、正当な評価を下せぬところもあり、おもいきって書いて見たいこの中で、書けぬことも多少あったかとおもいます。

とにかく、こうしたものを書くことは大へんにむずかしい。

それにしても、この読物が連載されている一年間に、読者からたくさんのお手紙をいただき、恐縮しています。それらのかたがたが、いずれも、私の〔青春記〕をよろこんで読んで下すったようなので、おもいきって一冊にまとめることにいたしたわけであります。

ところで……。

この青春回想記に小説〔同門の宴〕をつけそえましたのは、時代小説を書いている私の主題のとらえ方の一例が、過去の自分の生活の中から、どのようにして採り出されているかを、お目にかけてみようと考えたからでした。

それには、この小説ほど適切なサンプルはありません。

まだまだ、五十をすぎてから書こうとおもっていた素材だったのですが、何となく手をつけて見たくなったのです。

この小説の中には、私の祖父母や、母や伯母も出てまいりますし、松永和吉朗氏も、朋友・井上留吉も、吉原のせん子さんも、その他いろいろ……二人三人の人物が一人の人物の中に組み合せられたりして、出てまいります。

〔青春忘れもの〕を読まれたあとで、この小説を読まれると、私の小説書きの作業の一端が、よくおわかりいただけようかとおもいます。

昭和四十三年　初冬

著者

文庫版あとがき

この読物は、昭和四十二年から翌年秋にかけて〔小説新潮〕誌に連載された。

こうしたものを書くことになったいきさつについては〔あとがき〕に記してある。

このたび〔中公文庫〕の一冊として出ることになったので、読み返してみたが、なまじ、手を入れずにおいたほうがよいと考え、わずかの手直しにとどめておいた。

昭和四十九年五月

池波正太郎

池波さんのこと

島田正吾

芝居とちがい、小説の方のことはよくわからないぼくだけれど、戦前、〝大衆文芸〟に載った村上元三さんの「上総風土記」を読んだときに、いいなあ、うまいなあ、と心うたれ、

「こいつはきっと直木賞をとるぞ」

と、ひとり決めしたが、果してぼくの予想通りに、村上さんの「上総風土記」はその年の直木賞作品となり、ぼくは自分のカンがまんざらでもないことを、ひそかにほくそ笑んだことだった。

そうしたぼくの、いわば小説に対するカンといったようなものを、いつの頃からかぼくは池波さんにも思うようになった。これは池波さんの名前が、直木賞候補にのぼるずっと以前からのことである。ぼくのこのカンはうれしくもまた的中した。

その池波さんの「錯乱」が、直木賞に決定したと発表された日、ぼくは「遠い一つの道」という映画を撮影中だったが、夕方に仕事を了《お》えてわが家に帰り、何気なくスイッチを入れたラジオのニュースで始めてそれを知り、あわてて池波家へ悦びの電話をした。あいにく池波さんは留守で、奥さんが応対に出たが、もしあのときの茶の間のニュースが、あの日始めての直木賞発表としたならば、いの一番のお祝いの電話はおそらくぼくであったかも知れない。

池波正太郎という名前をぼくが始めて耳にしたのは、いまから三十年ばかり前、長谷川伸先生の高輪のお宅で、先生のお口からである。その折り、先生はぼくに向って、

「二十六日会——脚本勉強会——に、安房君の弟みたいな新入生がいるよ、下谷保健所の職員で池波正太郎君というんだが、ものになりそうだよ」

と、教えてくださった。安房君の弟みたいだという先生のお言葉が、強くぼくの耳にひびいた。

戦時下の国民学校の教員であり、二十六日会のメンバーの一員だった安房八郎は、若くしてこの世を去ったが、長らくぼくの家に同居し、後にぼくがすいせんして、劇団の久松喜世子先生の養子になった。素朴、清純、しかも逞《たくま》しい根性をもったたぐいまれないい男だった。その弟みたいだと教えられた池波さんにぼくは心ひかれた。

まもなくしてぼくは池波さんに手紙を書いた。

「長谷川先生があなたのことを賞《ほ》めていましたよ、どうぞ頑張ってください」

それだけの簡単な文面だった。余白に、その折り上演していた芝居の、舞台姿を絵にしてかき添えたと憶えている。

そうしたことからぼくは池波さんと親しく交わるようになった。そして執筆したいくつかの脚本を読ませてもらい、俳優の立場から感じたぼくなりの忌憚のない批評をした。池波さんはいつも謙虚な態度でぼくの言葉に耳を傾けてくれた。はじめて読んだ脚本は「手」という題名だった。その頃のことを〝青春忘れもの〟の中で池波さんは次のように回想している。

「〝手〟という脚本は、一年間かかって六篇の違ったものが出来た。この中でもっともよかったのを、新国劇の島田正吾が読んでくれて、〝上演したい〟つもりであったが、〝そんなものはつまらん。よせよ〟とめてしまったのは、〝実はこのおれさ〟と、後に辰巳柳太郎が私に語ったことがある……」

当時の新国劇は、終戦後の混乱期を切りぬけて、なんとかして往年以上の実力をたくわえようと懸命であり、ぼくにしても辰巳にしても、なんとしても良い脚本が欲しいと血眼になっていたものである。

また、池波さんは恩師を語る中で、

「長谷川師の指導を受けるようになってから……いよいよ私は芝居の脚本を書いて生きて行く決意をかためたので、〝遠慮なぞしてはいられない〟気もちであった。先ず、長谷川邸の書庫にみちみちた万巻の書である。これを見のがしておく手はない。私は勝手に〔図書借返帳〕というものをつくり、片端から借り受けて読みはじめた」

とある。いかにも池波さんらしい無手勝流ではある。

その池波さんが、後年恩師の病が篤くなったとき、ぼくをつかまえ、

「いま死なれると困るんですよ、奪《と》りたいんですよ、もっと奪りたいんですよ！」

とつぶやいた、あの折りの闘志に満ちた悲痛な眼《まな》ざしを、ぼくはいつまでも忘れない。

さて——そうした池波さんの、コツコツとたゆまぬ激しい勉強心にぼくは心打たれ、なんとかして良い脚本を書いてもらって、それを新国劇の舞台で上演し、世の中に出て欲しいなあと思い、一作一作ごとに心の中でさかんな声援を送りつづけた。

このぼくの念願がついに叶えられて、というより、池波さんの芝居に対する執念が実を結んで、昭和二十六年夏の新橋演舞場の舞台に、「鈍牛」が処女上演された。続いて「檻の中」、次いで「渡辺崋山」と、一作ごとに勝《すぐ》れた脚本を書く池波さんに成長していった。

この「渡辺崋山」執筆を前に、一夜、池波さん、ぼく、それに演出の故佐々木隆さん——文化座——と三人で、ぼくの昔なじみの湯河原の宿で、ああでもない、こうでもないと、きびしい、しかしまたたのしい脚本検討を夜を徹してやった。三人とも酒がめっぽう強く、いつの間にか何十本かの銚子を空にして、宿の女中さんを驚かせた。

ひとりで書く小説と違い、芝居の仕事は大ぜいの人の力を借りなければならない。その力が一つに凝結されたとき、はじめて良い芝居が出来上る。結果の出来、不出来は別として、作者、俳優、演出家が三位一体となって、いつもあんな風にたのしく仕事が出来たならばと、あの折りの湯河原の一夜が、いまでも時折りなつかしく想い出される。

この「渡辺崋山」のあと、「名寄岩」「牧野富太郎」「廓」「風林火山」と、池波さんの芝居は、いよいよ油がのり、磨きがかかった。殊に新国劇四十周年記念公演に、読売ホールで上演した「風林火山」は、その年のテアトロン賞を獲得、ぼくはこの「風林火山」の山本勘助と、「牧野富太郎」の演技が認められて、毎日演劇賞を受けた。それもこれも池波さんの本あったればこそである。

その後の池波さんは、ぼくや辰巳のために、また次の時代の新国劇を担う若い人たちの勉強会のために、いくつかの脚本を書いてくれた。まるで、新国劇の座付作者のような池波さん、というより、ぼくたちにとって親類同様、いや兄弟同様の池波さんになってしまったのだった。

そうした池波さんとぼくは、或る一時期、フトしたことから仲たがいして、何かの会で顔を見合せてもお互いにわざと目をそらすような、意地の突っ張りっこを長い間つづけた。こっちは何べんか折れそうになったが、テコでも動かぬところに、池波さんの芯の強さが感じられた。そのくせ、ぼくのひとり娘の結婚のときには、密《そ》っとお祝いを届けてくれる池波さんでもあった。

心ならずも、新国劇と池波さんとは疎遠になったが、その空白の何年かのあいだに、芝居を離れた池波さんは、小説の面で次から次と佳作を発表し、いまや押しも押されもせぬ文壇の寵児になった。ぼくや辰巳と喧嘩別れして、大好きな芝居の本が書けなくなったムシャクシャ腹の憂さばらしが、負けん気の池波さんをして或いはそうさせたのかもしれない。呵々《かか》。

そのぼくたちとの不和も、いつしか自然に時が解消してくれて、昨年二月の新橋演舞場公演に、池波さんは久々ぶりにぼくのために「雨の首ふり坂」を書いてくれた。この芝居がまた、はからずも昨年度の芸術選奨文部大臣賞の対象になり、ぼくは受賞の栄誉に浴した。ぼく一人の力ではないこと勿論である。先の毎日演劇賞といい、こんどの文部大臣賞といい、いずれも池波さんの本による受賞である。しみじみと宿縁の深さを思わずにはいられない。

それはそれとして、池波さんとぼくとは、これから先もひょっとしてまた、芝居のことで意地っ張りの喧嘩をするようなことがあるかも知れない。

お互いに惚れ合っているくせに、ときどきふっと憎ったらしくなるなんて、まるで男同士の鶴八鶴次郎みたいな池波さんとぼくだなあ……と思うことしきりである。

昭和四十九年六月　歌舞伎座楽屋で

インタビュー

池波正太郎の〔青春・小説・人生〕

聞き手　佐藤隆介

佐藤　先生が小説家になろうと、初めてお思いになったのは……。

池波　ぼくは戦後ですね。戦前は株屋してたんだから。

佐藤　でも、その頃もうすでに書いてらしたんでしょう、雑誌の投稿なんか。

池波　それはまあ趣味でやったんだなあ。だいいち戦争があるからね。とにかくすんでしまわなきゃというより、生き残れるかどうかという時代だからね。だから、体を鍛えておいて戦争へ行ったわけですけど、帰ってきたらその株はマッカーサーの命令で、三、四年取引されてなかったから、それで株屋にもどれないというときに、読売新聞から戯曲の募集があったんで、なるつもりはなかったんですけど、暇だからおもしろ半分にやったらこれが入選した。それで少し自信がついたんだろうね。それで大好きな芝居の脚本書いていけると思ったんじゃないかと思うんだな。それで、はじめ劇作家になったわけですよ。で、芝居の仕事をしてるうちに、ぼくの師匠の長谷川伸が、芝居だけじゃとても食っていけない、小説をやらなくてはだめだと言うんだね。だからいやいやながらやったんです、小説は。結果はありがたいと思っていますがね。

佐藤　書くこと自体は、子供の頃からお好きだったんですね。

池波　ぼくは図画のほうが好きでしたね、絵をかくことがね。作文もきらいじゃなかったようですよ。昔は原稿用紙が先生の机の上に置いてあるわけだ。それを生徒が一枚でも二枚でも、もっと書きたきゃいくらでもそこから取ってくるわけなんだよ。大抵の生徒は二枚ぐらいでもうおしまいになっちゃう。ぼくは十五枚くらい持ってきちゃう。だから、きらいじゃなかったんでしょう。

＊　＊　＊

佐藤　やはり文学少年だったわけですか、どちらかというと。

池波　文学少年とか文学青年というのは、やはりある程度作家にあこがれているという気があるだろう。あるからそういうことになるんじゃないの？　だけど、ぼくらの場合は、小説というのは楽しみですね。暮らしの上の楽しみとしていろいろ読書をしたということだろうね。だいいち、なれるとは思わなかったから。

佐藤　先生の若い頃だと、どんな本が愛読書だったんですか。

池波　初めはやはり「少年倶楽部」ですよ。誰とも同じようにね。で、今度は「少年倶楽部」でなじみになった作家が書いてる、大人の本を読むわけだよ、しだいに。大佛次郎とか、吉川英治とかいう人が、「少年倶楽部」へ力作を書いてたわけだよ。

そういうふうにしていて、本屋へ出入りしてるうちにいろんなものが目についてくるといったわけだよね。で、その後、少年時代に頼りにするのはやはり新聞の読書欄ですね。そのうち岩波文庫になる。岩波文庫なんていうのは片っ端から読むのね。もうわからないものでも読む。ダーウィンの「種の起原」、ニーチェの「この人を見よ」。もうつまらない、わからなくても、訳文全部読む。

ところが、変な話だけど、西洋の哲学書というのは、日本の哲学書と違って、わかんないのもあるけど、翻訳であっても非常にわかりやすいんだよ。あれは不思議なんだよな。だからベルクソンの「笑い」とか、ヒルティの「眠られぬ夜のために」なんていうのは、ぼく十六、七のとき読んだ。おもしろいんだよ。

佐藤　でも、哲学書読んでおもしろいというのは、やっぱり普通じゃないんじゃないですか。

池波　そんなことないと思いますがね。殊に昭和十年代にアランの本がいろいろ紹介されはじめてから、非常にぼくらにはためになりましたね。というのは、アランという人は高校《リセ》の教師で、死ぬまでリセの教師だったでしょう。教えた生徒がだんだん大きくなって、いろんな会社員になったり、軍人になったり、学者になったりしていくのを全部見極めてるわけですよ。だから、人間研究という面においちゃ、これはものすごい経験をしてるわけ。だからあの人の書いたものは、ぼくらにはピンとくるわけですよ。これが、ぼくの小説家になる土台の一つになっているかも知れませんね。

佐藤　十七、八の頃に一生懸命読む本の一つですね、アランの本は。高校の頃に熱中した覚えがあります。

池波　ドストエフスキーでもトルストイでも、今読めったってそれは参っちゃう。やっぱり十七、八の、エネルギーで読まないとだめなんだよ。わかんなくても読んでる。だから「戦争と平和」なんか、やっぱり十六、七の頃読みましたよ、全部。

佐藤　先生の場合、そういう本代は、いくら買ってもよろしいというような、無制限に買えましたか。

池波　無制限て、小遣いが余ってしょうがないんだもの、株屋だから。株屋の若い者で、いくらでも小遣いがあるわけだもの。だけど、戦争がなかったらだめだったろうね。いい気になって遊んじゃって、もうどうしょうもない。

佐藤　その代わり大変な財を成していたかもしれませんけどね。
池波　ぼくは……やっぱり相場師には向いてなかったと思いますよ。結局兵隊へ行くときの差し引き勘定では、あれだけ分不相応のぜいたくしてて、欠損を母親に残していかなかったからね。だから、いいほうじゃないの？
佐藤　稼いだ分を全部体験に換えて使い果たしたという感じですね。
池波　だから、その頃小説を書くと思ってたら、もっといろいろよく見ておくんでしたよね。だけどそのときには、商売柄、随分いろんな階級の人に接触があったんだよ。それがやっぱり今の土台ですね。だから、結局そのときの生活がなかったら、小説なんか書けなかっただろうね。

＊　＊　＊

佐藤　今、小説家になろうというような人は、先生が若い頃なさったような経験が全然ありませんでしょう。
池波　ぼくなんか大変なことはちっともありませんよ。苦労なんていうのは。だって十三のときから学校も行かせないで株屋に奉公に出されたって言いますけどね、その当時下町の人は大抵十三で、小学校出て働きに出るのは当然のことなんだからね。上の中学へ行くのは四分の一ぐらいだし、行った先が株屋でしょう。奉公に行ったときからうまいもの食って、小遣いに困らない、三、四年もすりゃ、てめえで相場を隠れてやるということでしょう。ちっともそういう意味での苦労はしてないですよ。苦労はしてないけれども、そのときにもろもろやってきたその体験が役に立ってるということね。人なみに苦労したのは戦後ですよ。だけど、そういうことも苦労でなくなっちゃうんだな。つまり戦前にさんざんいい思いをしてるでしょう。だから戦後帰ってきても、洋服を作ろうっていう気なんかは全然起きないし、うまいものを食おうなんていう欲望もないんだよ、いまさら。

やっぱり人間というのは、学校へ行く、行かないにかかわらず、十三ぐらいから二十ぐらいまでの生活は大事だと思う。吸収力が今の五倍から十倍ですからね。それで、そのときの記憶はいちばん鮮明だから。ただ、こういう世の中になってくると、人間の生活といっしょに、感情そのものが枯れてくるわけだよ。だから、小説の材料になるものが失われてきているから、むしろ現代小説の作家、昔は時代小説のほうが大変だと言われたんだが、今、現代小説を書く人が大変だろうと思う。材料を見つけるのに。

佐藤　やむを得ず、頭の中で物をこね回すようなことになるんでしょうね。

池波　テーマを見つけたりするのが大変だろうと思う。人間の感情というものが枯れてきているというのは事実だね。例えば新婚の夫婦がいる。妊娠したものだから、ちょっと実家へ帰るでしょう。それはいいわけだよ、実家へ帰るのは。そうするとその間、亭主が一人で自炊しているわけですよ。で、半月も一ヵ月も実家へ帰ってて、何か食べるものを持ってってやろうという気が起きないんだね。そういう気持ちの働き、感情の働きというのがないのが普通になっちゃった。だから小説の材料がなくなっちゃう。

佐藤 で、奥さんが家に帰っていられるというのは、ご亭主のほうもそういうことを何とも思わないからじゃないですか。

池波 それはわからないが、とにかくわれわれはもう古くなったということなんだよな。だから、ぼくら時代小説は間もなく滅びるんじゃないかと思いますよ。間もなくって、すぐじゃないけどね。今ぼくらのものを読んでくれてる方がいるかぎりはある程度続くだろうけどね。

もうすでに時代小説というジャンルが、結局、隅の隠居みたいなところへ置かれてるわけだよ、小説の世界においては。それだけ衰退しているわけですよ。これから、またいい書き手が出てくればよくなる。戦前はとにかく大衆小説といえば時代小説が一番だからね。だけど、時代小説はもう隅の隠居だけに、かえって勉強する人たちとか、作家にとっては十分に勉強ができて非常に気楽でいいと思うんだ。と同時に、あんまり隅の隠居的な存在になっちゃったから、時代小説を書こうと志望する人が少なくなったことは事実だ。

佐藤　そうですね。それにおれも一丁書くかって、すぐ書ける分野じゃないですから。そういう意味では、いわゆる純文学のほうがむしろ取っつきやすいというか、入りやすいんじゃないですか。

池波　けれどね、やっぱり純文学も衰退しているわけでしょう。だから煎じ詰めていえば、純文学が衰退しているときは、ほかの小説も結局衰退していることになるんだよ。純文学というのは人間の気持ち、心のひだの一つ一つを深く極めていく小説でしょう。それが衰退していくということはやはり人間の世界そのものが衰退しているわけだから、ほかの現代小説の場合でもやっぱり衰退してくるということになるわけだ。

時代小説の場合は、これは読んでくれる人がいるかぎり、材料は無限だからね。材料に困ることは死ぬまでありはしないから。ぼくのみならず誰でもそうでしょう。時代小説家は。

（『新刊ニュース』一九七八年三月号より抄録）

佐藤隆介（さとう・りゅうすけ）
一九三六年東京生まれ。文筆家。コピーライター、編集者を経て、池波正太郎の書生を十年つとめた。『池波正太郎直伝 男の心得』『鬼平先生流〔粋な酒飯術〕』ほか著書多数。

青春忘れもの

初出　『小説新潮』一九六八年一～十二月号
初刊　毎日新聞社、一九六九年
文庫　中公文庫、一九七四年
　　　新潮文庫、二〇一一年

編集付記

一、本書は中公文庫版『青春忘れもの』(改版三刷 二〇〇七年一月)を底本とし、「池波正太郎の〈青春・小説・人生〉」を増補したものである。

一、底本中、明らかな誤植と考えられる箇所は訂正し、難読と思われる語には新たにルビを付した。

一、本文中、今日の人権意識に照らして不適切な語句や表現が見られるが、著者が故人であること、執筆当時の時代背景と作品の文化的価値に鑑みて、そのままの表現とした。

中公文庫

青春《せいしゅん》忘《わす》れもの
——増補版《ぞうほばん》

2020年4月25日　初版発行

著　者　池波《いけなみ》正《しょう》太《た》郎《ろう》

発行者　松 田 陽 三

発行所　中央公論新社
〒100-8152　東京都千代田区大手町1-7-1
電話　販売 03-5299-1730　編集 03-5299-1890
URL http://www.chuko.co.jp/

ＤＴＰ　嵐下英治
印　刷　三晃印刷
製　本　小泉製本

Published by CHUOKORON-SHINSHA, INC.
Printed in Japan　ISBN978-4-12-206866-7 C1195

中公文庫既刊より

各書目の下段の数字はISBNコードです。978‐4‐12が省略してあります。

コード	タイトル	サブタイトル	著者	紹介文	ISBN
い-8-4	獅子		池波正太郎	九十歳をこえてなお「信濃の獅子」と謳われた真田信之が、松代十万石の存亡を賭け、下馬将軍・酒井忠清に挑む、壮絶な隠密攻防戦。〈解説〉小谷正一	202288-1
し-15-10	新選組始末記 新選組三部作		子母澤 寛	史実と巷談を現地踏査によって再構成した不朽の実録。新選組研究の古典として定評のある、子母澤寛作品の原点となった記念作。〈解説〉尾崎秀樹	202758-9
し-15-11	新選組遺聞 新選組三部作		子母澤 寛	新選組三部作の第二作。永倉新八・八木為三郎・近藤勇五郎など、ゆかりの古老たちの生々しい見聞や日記で綴った、新選組逸聞集。〈解説〉尾崎秀樹	202782-4
し-15-12	新選組物語 新選組三部作		子母澤 寛	「人斬り鍬次郎」「隊中美男五人衆」など隊士の実相を綴った表題作の他、近藤の最期を描いた「流山の朝」を収載。新選組三部作完結。〈解説〉尾崎秀樹	202795-4
ふ-12-4	夜の橋		藤沢 周平	無頼の男の心にふと芽生えた一掬の情愛――江戸深川の夜の橋を舞台に男女の心の葛藤を切々と刻む表題作ほか時代秀作自選八篇。〈解説〉尾崎秀樹	202266-9
ふ-12-6	周平独言		藤沢 周平	歴史を生きる人間の風貌を見据える作家の眼差しで、身辺の風景にふれ、人生の機微を切々と綴る。情感豊かな藤沢文学の魅力溢れるエッセイ集。	202714-5
ま-12-24	実感的人生論		松本 清張	不断の向上心、強靭な精神力で自らを動かし、つねに新たな分野へと向かって行った清張の生き方の根底にあったものは何か。自身の人生を振り返るエッセイ集。	204449-4